薔薇十字叢書
風蜘蛛の棘《いばら》

著：佐々木禎子
Founder：京極夏彦

富士見Ｌ文庫

contents

薔薇十字叢書

風蜘蛛の棘

「私は、蜘蛛《くも》になろうと思っているのです」

木枯らしのような、かすれた声だった。

悪声である。けれどどうしてか蠱惑《こわく》的な響きを伴っている。

人生を儚《はかな》んで立つ暗い夜の海で聞く潮騒《しおさい》を思わせる、聞く者の胸の奥にあるものを暴き立て、呼び込むかのような声であった。

「蜘蛛、に？」

聞き返したのは、十歳になるか、ならないかの、前髪を切り揃えた少女だ。

少女の丸い頬は、その奥に流れる生命力を抑えきれぬかのようにふっくらと盛り上がっている。白を押し上げるように透けて見える血の赤。うぶ毛が淡く光った。

「ええ。蜘蛛に」

少女の前に座る主《あるじ》がうっすらと笑って応じる。

がらんと広い屋敷の、奥の間である。

高い位置にある明かり取りの窓から差し込む日差しが、部屋のひとすみに光の縞模様《しまもよう》を作っている。

この屋敷のすべての窓には、鉄格子がはまっていた。

鉄格子によって描かれた、淡い白と薄墨の黒とを交互に描いた光の三角錐《さんかくすい》のなかで、埃《ほこり》がきらきらと舞っている。

浮かぬ顔になった少女に、主が、問う。

「蜘蛛は、嫌いですか？」

「はい。あんまり……」

「そう」

嫌いなら嫌いでも別にかまわないですよ。

主はもう一度笑い、少女の頭を撫《な》でた。少女はきゅっと首をすくめてから、はにかんだ笑顔を見せた。

潮騒の声は、少女を責めない。問いつめない。道ばたで襤褸布《ぼろきれ》をまとって眠っていた少女を拾い上げ、いつまでもここにいてくれていいと受け入れ、衣食住のすべてを確約してくれた。身よりのない少女にとってはありがたい場所だ。保護と報酬に対しての、少女に割り振られた仕事は簡単なものだった。館《やかた》の主の身の回りの世話をし、命じられた用事をこなすだけ。いままでの暮らしと比べて、ずいぶんと楽だ。

ただ、ときどき、館の主の声と表情と言葉に呼応して、少女の身体の奥の柔らかい部分が目の粗い鑢《やすり》にかけられたようにざわざわとすることがある。

昨夜はひどい雨だった。

豪雨で洗い流された窓硝子《ガラス》の向こう、空が切り取られて歪《ゆが》んで映る。黒く錆《さ》びた格子のあいまに、雨で壊れて穴の開いた蜘蛛の巣が引っかかっているのが見えた。滴を張りつけた銀糸の上を、黒い蜘蛛がせっせと行き来している。

「あ、飛行機ですね。空。いま」

見上げて少女が指をさす。

「ここからは飛行機が飛ぶのは見えないでしょう。見たことがない」

「でも……」

「飛行機も好きに飛んでいるわけじゃなく、決められた空を飛ぶものなんですよ。この館の上空は飛ばないはずです」

「でも、いまキラッて光りました」

格子と蜘蛛の巣に区切られて、歪《いびつ》に切断された空のあいだを銀の光が行き過ぎたのが見えたのだ。光は、蜘蛛の糸の隙間にふいっと吸い込まれるかのようにして、消えていった。

「そう」

主が、少女の頭を撫でる。

「ちゃんと見えました」

むきになって少女が云う。

「そうですか。あなたが見たというのなら、見たのでしょう」

少女は黙って撫でられるままにして、うつむいた。

これもまた少女の仕事のひとつだから。

1

人捜しは探偵の仕事ではないのだそうだ。

人に限らず、捜し物全般は探偵向きの仕事ではないらしい。では世間一般において探偵社に持ち込まれる浮気や家出や失《う》せ物捜しの類《たぐい》は誰の仕事かというと――おもに「ここ」では探偵見習いの仕事ということになっている。

ここは――東京神田《かんだ》神保町《じんぼうちょう》に建つビルヂング。一階はテーラーで地階にはバーがある堅《けん》牢《ろう》な建物の三階にある『薔薇《ばら》十字探偵社《じゅうじたんていしゃ》』の応接室であった。

「いいですか。勝手に仕事を引き受けたりしちゃあいけませんよ。こないだもそれで私は先生にこっぴどく叱られたんだ。小口の依頼を受けようものなら問答無用で私まで馘《くび》にされちゃいますよう」

濃い眉《まゆ》と厚めの唇が人目を引く、癖毛を短く刈り上げた髪型の書生風の男——安和寅吉《やすかずとらきち》が、お盆を胸元に抱えて咎《とが》めるようにして云った。寅吉は『薔薇十字探偵社』の探偵秘書であり、事務仕事や、日常のあれこれと細かいことをひとりでこなしていた。

「わかってます。わかってますって」

寅吉に念押しをされ、益田龍一《ますだりゅういち》は、右から左に受け流すように淀《よど》みなくへらりと笑って応じた。その口元から八重歯が覗《のぞ》く。

益田は来客ソファにくつろいで座り、耳掃除に余念がない。長くのびた前髪が眉と目元を隠している。口調のせいか、あるいは態度のせいなのか、益田の言葉はいつもとても軽く、どことなく胡散臭《うさんくさ》い。

「ちっともわかってない」

「わかってますって。聞いてますって。寅吉さんの注意をすべて聞き逃してはなるまいと日々こうして準備して耳の調子も整えているわけですから。それに寅吉さんは怒るけれど、依頼人の話を聞いてみないことには、それがうちの探偵向きの仕事なのか、それともそうじゃないのかの分別すらでききゃあしないわけですから」

「そうですけど」

不服そうに寅吉が云う。

「そうでしょう？　僕がここで依頼人の話を伺うのは、探偵のためでもあるんだ。探偵が面白がるんじゃあないかってものは探偵に話を向けるし、それ以外は僕が聞いて調査をする。探偵見習いとして採用された以上それくらいの仕事はしないと」

「採用されたわけじゃなく勝手に居着いただけじゃないですか」

寅吉が、覆い被《かぶ》せるようにして益田の言葉尻《ことばじり》をとらえて冷たく告げた。

そうなのだった。

益田はもともとは神奈川県警で刑事をやっていたのだ。それが、箱根《はこね》の山中でのとある事件の解決に出向いた探偵——榎木津礼二郎《えのきづれいじろう》と巡り会ったせいで、職を辞して上京し、『薔薇十字探偵社』に就職させてくれと頼み込み、結果としてここに住み着いてしまったのだ。

しかし、そもそも益田は、探偵になろうと思ったわけではない。

どだい、探偵というのは職業ではなく称号だというのが『薔薇十字探偵社』の探偵の主張なのであった。探偵は、探偵になるべく生まれつき定められている。事件と世界とを観測し、なにもかもの中央に君臨し、正義のもとに、ときには天誅《てんちゅう》を加える。

そんな存在は世界にただひとりしかいない。

つまり、このビルヂングの持ち主である榎木津礼二郎その人こそが、唯一無二の探偵である。

彼以外にこの世界に「探偵」など、いやしないのだ。

そうして、益田は、世界でただひとりの探偵――榎木津に、うやむやなまま「探偵見習い」の地位を与えられたのだ。「探偵見習い」という名称はその時点での榎木津のたまの思いつきでしかなく、原則的には榎木津の下僕として近くをうろつくことを許容されたと云い換えてもいいような気もするが。

それはたった二ヶ月程前の出来事であったはずなのに、なんだかずいぶんと遠い過去のように感じられる。

「はい。勝手に居着きました」

益田は軽くそう応じた。

「探偵でもないし客でもないのに偉そうに座って」

どことなく益田を見下しているような口調である。それも仕方がない。薔薇十字探偵社において力関係の頂点は常に榎木津礼二郎であり、次が寅吉で、最下層が益田ということになっている。

「はい。偉そうに座ってます」

鸚鵡《おうむ》返《がえ》しに幇間《ほうかん》の口調で返す。

「暖簾《のれん》に腕押しな返事をしないでくださいよう」

寅吉が口を尖《とが》らせて文句を云う。

慥《たし》かに益田は、腕押しをしたらしたきり、ずっと奥まで翻ってもとに戻らない暖簾のような男である。

　上がり気味の細い目に尖った顎《あご》。繊細そうに見えなくもない風体だが――とにもかくにも前髪が益田の表情の大部分を隠してしまっている。目は口ほどにものを云うというが、益田に限ればその諺《ことわざ》は嘘だ。前髪の暖簾が隠してしまう目元は益田の心中を表さないし、饒舌《じょうぜつ》な軽口は留《とど》まることがない。

「そうは云ってもなにもしないでいたら干上がっちまいます。寅吉さんだって事務所の経営状態にやきもきしていたじゃあないですか。くり返しになりますがね、僕《ぼか》ァ、榎木津さんに仕事をさせようなんて、はなっから考えたりしてません。あの人はいつだって仕事なんてしたくないって云っている。だから探偵向きじゃない仕事を、僕がここで分別してるんですよ。失せ物だの家出人捜査だのの普通の仕事は僕がやればいいわけです。僕は調査やら聞き込みやら、地面に這《は》いつくばったり壁にへばりついたりする仕事は、わりと上手《うま》くやり遂げられる。なんせ元警察官ですし」

「そうでしょうけど。怒られるのは私なんですからね」

「いやいや。寅吉さんが怒られるときは僕も一緒に怒られる。むしろ僕のほうこそがこっぴどく怒られる。なんせ僕は榎木津さんの弟子ですから。師匠に怒られるのは弟子の本分みたいなもんですし」

　真顔で答えると、寅吉がぎょろりと目を剝《む》いた。

「弟子だとか見習いだとか勝手に名乗って……」

「でも、慥かに云いましたからね。僕のことを弟子にするって、榎木津さんは。寅吉さんも聞いていたでしょう？」

「私が覚えてても、うちの先生は自分の云ったことなんて忘れちまってますよ」

寅吉が呆《あき》れた顔で云う。とはいえ寅吉は、益田が居着いてしまったことに対していつまでも文句は云わないのだった。おかげさまで勝手に居着かせてもらっているし、寅吉とは中中上手い具合に過ごせている。

「まあ、その通りですがね」

益田は同意し、肩をすくめた。

榎木津は、とにかく気まぐれなのだ。昨日自分で云ったことを今日も覚えているかというと定かではない。自分で断言したことを翌日には自らひっくり返して正反対のことを云っていたりもする。周囲は榎木津に振り回されっぱなしだ。

けれど秋の天気よりさらにめまぐるしく移り気に見えていて、どういうわけか榎木津の主張も行動も、常に一本筋が通っているから、厄介なのだった。

榎木津『神』の真意は下々の者にはわからないことばかりという、それだけだ。

「それからね、昔はともかくいまはうちの事務所は潤ってるんだ。前の事件で先生が大活躍をしてくれた報酬がある。だから小口の事件を拾う必要はないいんだよ」

仕事のえり好みをする割に——否、しているからこそなのだろうか——榎木津の事件解決の報酬は大口で高額なものばかりである。しばらくは働かなくても食べていけるようなのだ。

「わかってますって」

「本当ですかねぇ」

しかし寅吉は小言をひとしきり云ったことで納得したのか、お盆を抱えて奥へと戻っていった。

と——。

探偵社の入り口の扉が開いた。

カランと、入り口に仕掛けられていた鐘が鳴って来客を知らせる。

「いらっしゃいませ」

益田は耳掃除の手を止めた。

——妖怪《ようかい》洋物河童《がっぱ》!?

現れた人物を見て、益田の頭に、はなはだ失礼な言葉が浮かんだ。

外国人の、河童が、いた。

青い目に、彫りの深い顔だち。長身で、手足が長くひょろりとしている。

頭頂部の一部が桃色に光り輝いてつるりと禿《は》げ、河童の皿のようだった。潔い禿げではなく、禿げのまわりを取り囲むように金の髪がぺたりと纏《まと》わりついているため、ことさらに河童感が強い。

「名探偵榎木津礼二郎さんがいるという、薔薇十字探偵社はこちらでいいですね？　人を捜して欲しいんです」

妖怪洋物河童は、真っ直ぐに益田を見詰め、そう口を開いた。

日本語である。

河童語でもなく米国語でもないのだった。

鐘の音を聞いて、奥に戻っていた寅吉が再び顔を出す。

「……いらっしゃいませ。益田君、お客様だよ」

寅吉はまず客へと声をかけ、次に益田に対して咎《とが》めるように続けた。益田は、寅吉の言葉で、自分が来客用のソファに座っていることを思いだす。

益田はすっと立ち上がり笑顔を浮かべ告げた。

「どうぞどうぞ。温めておりました」

ぺらりと出てきた言葉には、軽さを表現する以外の意図はない。

すかさず寅吉が益田へと尋ねた。

「温めてたって、何をだい？」

「ソファをですよ。お客様のために。四月の半ばとはいえ今日はなにやら寒い。どうぞ。

この温かいところに」

にこやかな笑顔で客にうながすと、客は「Ｏｈ！」と、あきらかに日本語ではない陽気さで声を上げ、大股《おおまた》で歩いてきて益田の代わりにソファに座ったのであった。

寅吉が淹《い》れた珈琲《コーヒー》が客の前に置かれている。

なぜなら依頼人は、依頼人としては珍しく、手土産に菓子を持参していたからなのだった。菓子だけをもらって話も聞かずに帰すわけにもいかない。寅吉も益田も、そういうところは善人なのである。

依頼人が流暢《りゅうちょう》な日本語で手早く自己紹介をし用件を話すのを、益田と寅吉は対面の椅子に座って神妙に聞いている。

依頼人はジョン・ウィリアムスと名乗った。さらに自分は過去、ＧＨＱに所属していたのだとも。日本語が堪能なのはかつて日系人の隣人がいて、教えてもらったためだという。語学の能力を見込まれて、昭和二十七年のＧＨＱ解散まで日本に滞在し、職員として働いていたのだそうだ。

「ＧＨＱの職員だったんですか……そりゃあ」

益田と寅吉は思わず顔を見合わせた。

「誤解しないでください。今回の依頼はプライヴェートなものです」

ＧＨＱ――連合国軍最高司令官総司令部とは、第二次（世界）大戦後に、日本で占領政策を実施した連合国軍機関である。ＧＨＱの権力は強く、益田が神奈川県警に所属していた際に、先輩刑事から「昔はよくＧＨＱが警察捜査に強引な横やりを入れてくることがあった」と、苦い思い出話として聞いたことがある。とはいえ、もはや終戦から八年。ＧＨＱも当初の目的であったポツダム宣言の施行という目的を遂げ、昨年、解散されている。

「元ＧＨＱの職員としてここに来たわけじゃないんです。ただ、自分の立場を伝えることで、俺の本気が伝わると思って。薔薇十字探偵社の名探偵は気まぐれで、中中事件の依頼を引き受けてくれないと聞いています。それでも俺は、武蔵野《むさしの》連続バラバラ殺人事件や連続目潰《めつぶ》し魔事件を解決したという名探偵の力を借りなければ、この人捜しは無理だと思ったんです。とにかく俺はこの人捜しのために自費で戻ってきました。その気持ちを汲《く》んで欲しいんです」

益田と寅吉は、やはりまた互いに顔を見合わせた。

「だから俺にはあまり時間がありません。日本に長居もしていられない。それをわかってもらいたいです」

真剣な面持ちでジョンが云う。

益田はついつい情けない顔になった。榎木津に探偵仕事を依頼する人が真剣であれば真剣であるだけ、益田は、困る。

「とりあえずお話を伺うだけは伺いますがね――人捜しの類《たぐい》は、榎木津は引き受けないことになっているんです。うちの探偵が得意としているのは、物事の混乱です」

「混乱？」

ジョンが聞き返す。

「そうです。混乱とか、ぐちゃぐちゃにするとか、そういうのが得意なんだなぁ。もうそろそろそのあたりのことが高名天下に鳴り響いて、なにもかもをぐちゃぐちゃにしたいから頼みますという依頼が、榎木津のところに来てもいい頃合いだと思うんですけどねぇ。それでしたら、僕も、清々《すがすが》しい気持ちで榎木津に子細を伝えるところですが。なんていうのか、期限が定められていようと、いまいと、うちの探偵は捜し物はしないんです」

相手が元ＧＨＱの職員であろうと――権力者につながっている可能性があろうと、なかろうと――榎木津は人捜しに食指が動くことはないだろう。ということは、これは、益田の仕事である。

「まずは僕がお伺いしましょう。榎木津はそもそも捜査も調査もしないのです。それどころか依頼人の話も一切聞きません。話を聞くのは専ら僕だ。僕はこちらの探偵助手で、益田と云います。助手とは云え、前職が警察官でしたので捜査のイロハは心得ている。これでけっこういい仕事をします」

寅吉が益田の隣でむっとした顔をした。

「益田君。勝手に小口の依頼を引き受けないようにって、さっき云ったばかりですよね。先生を怒らせたら、馘《くび》にされてしまうじゃあないですか。先生が起きてくる前に帰っていただかないと。見つかったら大変だ」

榎木津は奥の部屋で眠っている。起きてきて依頼人の姿を見つけて——依頼内容が「つまらない」ものだったら怒りだすかもしれない。

「大丈夫ですよ。榎木津さんは昨夜『なんだか寒気がするぞ』って云って酒を飲んで早早に寝てました。ありゃあ風邪ですよ。まだしばらく寝てるんじゃあないかな」

「うちの先生はあれで身体が弱いからなぁ。いや、だけど早早に寝たんなら早早に起きてくるかもしれないじゃないか。駄目ですよ。やっぱり帰っていただかないと……」

「そうは云っても、寅吉さんが珈琲を淹れてきてくれたわけですから。珈琲を飲んでるあいだに、ちょっとした茶飲み話をする体で、聞くだけは聞きましょうよ。もしかしたらここから突然、探偵向きの奇天烈《きてれつ》な内容になることもあり得るわけですから。ほらほら、聞くだけは」

「ああ。私はなんで珈琲なんて淹れてきちゃったんだろう」

益田は寅吉を「まあまあ」とどこまでも軽く宥《なだ》め、ジョンに向き合う。

ジョンは、益田と寅吉の話に危機感を覚えたのかもしれない。早く話をしなくては、なにも頼むこともできず帰されるのではと思ったのだろうか。いささか食いつき気味に身を乗りだして、口を開く。

「東京ローズを捜して欲しいんだ」

「東京ローズ？」

益田は尖《とが》った顎《あご》を指でぽりぽりと引っ掻《か》いて、首を傾げる。

聞いたことは、ある。どこで聞いたのだったか記憶を掘り下げる。

「知らないかな。USAでは有名だった。俺たち兵士は——誰が一番先に日本に上陸して東京ローズにキスをするかって云い合ったもんだが」

「ああ。そうか。戦争のときにラジオトウキョウの？　女性アナウンサーの愛称が『東京ローズ』だったんでしたっけ。生憎《あいにく》と、当時、僕らは電波の受信を禁止されていたから、聞いたことはないんだ」

日本軍が太平洋戦争中におこなった連合国側向けプロパガンダ放送の女性アナウンサーに、アメリカ軍将兵がつけた愛称が——東京ローズだった。

いま思えば不思議なものだ。戦争当時、日本国民は短波放送を聞くことを国によって禁じられていたのである。国民は、日本という島国のなかに「電波的に」囲い込まれていた。海外の人びとは自由に電波を受信し、世界の情勢を知ることができたというのに、日本のなかの人びとは世界から隔離され情報を遮断されていたのだ。

軍部と外務省の人間たちだけが、世界中から流れてくる短波を受信し、解析することができた。

そういう奇妙な環境が確保されたがため、日本から敵国に向けてのプロパガンダ放送を発信するということが可能になった。ラジオでなにをどう語ったところで、日本国民はその放送を聞くことはできない。「お国のために」と日本兵たちは異国で己を鼓舞し戦い続け、国に残る者たちは銃後の守りに努め、戦死こそが名誉な死に方だと讃《たた》え——一方、ラジオトウキョウからは、国を挙げて、敵国の兵士たちに向けて反戦思想について語り続けたのだという。

戦争の素晴らしさを煽《あお》り続ける体制のなかで、相反する反戦についての放送をすることが当時は可能だったのだ。

国民はその矛盾に気づくことすら、なかった。

「そうだ。戦時に『ゼロアワー放送』っていうラジオ番組が、毎晩、深夜に、日本から放送されていた。ゼロ・アワーってのは、決定的瞬間っていうか、弾丸を発射する瞬間みたいな意味で、戦争のときに前線で待機して命令を待っている兵士にとっては、死ぬかもしれないっていう緊張と不安の時間のことだった。だから『ゼロアワー放送』ってタイトルでラジオが流れてきたら、俺たちは、聞き入ったものさ。どんな決定的瞬間の、なんの命令がくだされるのかって。ところが、その放送は、気怠《けだる》くて色っぽい声をした女性が英語で話しかけてくるものだった」

　その女性アナウンサーに米兵たちがつけた愛称が——東京ローズ。

「俺たちは東京ローズに夢中になった。ローズはたぶんひとりじゃなかった。何人かの女性たちだった。日によって声や訛《なま》りが違っていたからね。そのなかで、ひとり、とても気になっているローズがいてね。綺麗《きれい》な声っていうわけじゃあなかったな。むしろあれは悪声だったかもしれない。もっとももう記憶の彼方《かなた》だし、勝手に脳が上書きして、理想的な声に変換している可能性もある。それでも、とにかく——かすれた低い声で、俺に語りかけてきた彼女に、俺はぞくぞくしたんだ。流行《はやり》の音楽の合間に、彼女はこう云うんだ」

　こんな具合にさ、とジョンは声をひそめ抑揚をつけて語る。

「ジス・イズ・ゼロ・アワー……フローム・トウキョウ。太平洋のみなしごさん、あなたたちのお船は全部沈んじゃったのよ。どうやっておうちに帰るつもり？　今頃あなたたちの奥さんや恋人は他の男とよろしくやっているわ。それから、そう……どうやって調べたのかまったくわからない個人情報を云うのさ。『二十五海兵師団の誰それに、誕生日おめでとう』だとか『故郷で待つ妻に無事に子どもが生まれた、男の子よ、おめでとう』だとかね。それが当たっていてね。云われた奴は『どうしてそんなことを知っているんだ』って大騒ぎさ」

「おそらく俘虜《ふりょ》の兵士から情報を聞きだしてアナウンスしていたんでしょうね」

益田は推察し、告げる。

「そうだろう。わかっているさ。だが、理性では俘虜情報だろうとわかってても、深夜に自分に向けてささやかれる女の声ってのは……魔女の声みたいに聞こえたときもあった。俺は当時、飛行機乗りだったんだ。爆弾をぶら下げて空を飛んでる最中に、ときどきふっと東京ローズの言葉が脳裏に浮かぶことがあったよ。空に、俺の目には見えない電波の糸が張り巡らされているような気がしてね。電波はまるで蜘蛛《くも》の巣だ。東京ローズはその電波の巣の中央で、俺の飛行機をからめとろうとして待っている。そういう幻想に身体の芯《しん》が冷えたね」

「はぁ……。なるほど」

人の目には見えない磁場を張り巡らせている青い空。電波は、薔薇の花びらのように、幾重にも重ねられている。飛行機が薔薇の磁場のなかを飛んでいく。日本の上空から焼夷《しょうい》弾《だん》をばらまく。飛行機乗りの死を待ち構える蜘蛛が蠱惑《こわく》的な声で告げる。女性の声で――。

「それでなんでまた、東京ローズを捜したいんですか？」

益田は尋ねた。

「青春だったっていう云い方になるのかもしれない。その象徴が、俺にとっては東京ローズなんだ。日本で働いているときも捜したが、俺のローズは見つからなかった。仕方ないと思って国に帰った。でも、日本を去っても俺の夢に出てくるんだ。東京ローズがさ」

「はぁ」

「だったら私財を投じて、ひと目会うために捜してみたいと願ったところで、おかしくはないだろう？　組織や、面倒な知り合いを通すと、大変なことになるのはわかっているんだ。いまさら世間に引っ張り出してしまえば、東京ローズの迷惑になる。そうじゃないんだ。俺はただ、俺の気持ちのためだけに、東京ローズを捜して、会いたいんだ。正体を明かしたいわけじゃなく」

戦争という特殊な状況のなかで偶像化した東京ローズのことは、そのまま偶像として放置しておけばいいではないか。いまさら掘りかえしてどうなるというのか。

と反射的に思うのと同時に——「わからなくもないような」と感じる部分も、益田には、うすぼんやりとあるのだった。

たとえば——益田が警察を辞職して、薔薇十字探偵社にやって来たときの心模様は、それに近しいものがある。榎木津は別に益田の青春の象徴ではないし、偶像でもないのだが。

それでも益田は榎木津に「会いに」上京したのである。

榎木津は慥《たし》かに益田の心を揺さぶった。

それまで自分の日々に目につく類の不安も不満もなかった益田の心は、益田の身体という容器とぴったりと合致していた——はずなのだ。特に目立った隙間もなく、みっしりと詰まっているように思えた自分の内部に、益田は疑問を抱かなかった。見ないふりをしていたのかもしれないが。

けれど、突然登場した榎木津という存在に強い力で揺すぶられ、詰まっていたはずの内部に、空間が生まれた。

不思議なもので、ひとつの袋のなかに隙間もなく荷物を詰め込んで、もうこれ以上は入らないだろうと思っても、揺すぶってみると荷物と荷物のあいだには隙間ができてしまうのだ。

益田が抱え、内部に仕舞い、心という袋に積み上げたものは、小さな欠片《かけら》の寄せ集めだ。みっしりと詰まっていたはずの中身が、外からの強い力に袋ごとがらりと揺らされ、形よく収まっていた定位置から外れて、崩れていった。瓦解《がかい》していった物と物とのあいだに、隙間ができる。

自分の身体と自分の内部には、隙間がある。なにか虚《うつ》ろな穴がある。それがなにかはわからない。わかっているのは、益田がそれに気づいたのは、榎木津に出会ったゆえだという事実だけだ。

隙間がある。まだ入る。けれどおそらくこれ以上物を詰めると——さらに自分は重くなる。

重くなると感じたときに、益田は、強く「軽くならねばならない」と願った。隙間に物を詰めてみっしりさせるより、もっと軽くならねばならない。

そのすべては榎木津に端を発している。おそらく、榎木津はそういう化学反応のようなものを他者に引き起こす質《たち》なのだ。益田だけではない。榎木津の古くからの友人である古書店の店主が云うには——「榎木津とつきあうと、馬鹿になる」のだそうだ。

だから益田は、馬鹿になった。

そしていま探偵助手をやっている。

東京ローズがどんな人物かは益田には不明だけれど、東京ローズにひと目会いたいと願うジョンの気持ちは、ぼんやりと理解できそうな気がする。

「東京ローズのひとりは、自分がローズだって云ったんじゃなかったですかねぇ？」

宣言した女性がいたはずだ。正体を明かした日系二世の女性の顔は覚えていないが、話題になっていた。

「ああ。だが、あの女性は俺のローズじゃない。声が、違うんだ」

「声が？」

「訛りも違う。俺にささやきかけてくれた東京ローズは、英国女王みたいな話し方をするんだ」

益田の耳では聞き分けられないが、英語にもそれぞれの出身地特有の訛りがあるもののようだ。方言のようなものなのだろう。

「しかし元ＧＨＱが捜せなかったものを僕に捜しだせるかっていうと、どうだかなぁ。僕《ぼか》ァそこそこ無能じゃないが、でもそこまで優秀でもないからなぁ」

「だからプライヴェートなんだ。元GHQは関係ない。それにまったく手がかりがないわけじゃない。ある一時期、ローズは東京の華園小路《はなぞのこうじ》の家にかくまわれていたっていう情報を内密に入手している」

「華園小路？　立派なお名前ですなあ。しかも内密にって。それはつまり」

元GHQならではの情報網を使って入手したという意味ではないか。それはあからさまにきな臭い。関わらないほうがいい類《たぐい》の大きな事件の匂いがした。

益田はこれで存外、勘働きもするのである。自称通りに「そこそこ有能な探偵見習い」なのだ。

断ろうかと、口を開きかけたとき——。

奥の部屋へと続く扉が勢いよく開く。

榎木津礼二郎の登場である。

「Ｏｈ!!」

ジョンが、榎木津の顔を見て口をあんぐりと大きく開けた。榎木津は、見る者が思わず声を漏らすくらいの美貌《びぼう》なのである。人は、まず榎木津の西洋骨董《こっとう》人形のごとき整った容姿に驚き、そのあとは榎木津の言動と奇怪さと常人には理解不能な人となりに驚く。彼は、いつも新たな驚きを周囲の人に与えるという希有《けう》な人材なのであった。

「榎木津さん、起きてたんですか」

益田が慌ててそう云った。

「見ればわかることをいちいち聞くな、馬鹿オロカ。だからおまえはマスオロカなのだ。僕が起きると日が昇る。僕が寝ると日が沈む。真理だ！」

榎木津が決然とそう断言する。

見目麗しい西洋人形のごとき容姿に、奇妙奇天烈傲岸不遜《きてれつごうがんふそん》な性格を詰め込み、己を神と定めた唯我独尊思想の神経を全身にくまなく張り巡らせると榎木津礼二郎という人間になるのだった。

榎木津はどこで調達したのか、女性物らしい赤い布地に白い大きな花が咲いた模様の半袖《はんそで》の襯衣《シャツ》を羽織っていた。普通の男が着ると突飛過ぎて笑いものになるところだが、榎木津だと不思議と様になってしまう。

しかも手には毛布を持っている。腰に巻き付けて、ずるずると引きずっていく。襯衣の布は薄いのに、毛布で下半身を防備して、薄着なのか厚着なのか判断のつかない出《い》で立《た》ちである。

榎木津の薄い茶色の硝子《ガラス》のような双眸《そうぼう》の焦点は、何処にも合っていない。

真っ直ぐ大きな机に歩いていき、ぺたりと座る。机の上には『探偵』と書かれた三角錐《さんかくすい》が載っている。そこが榎木津の席だ。

榎木津の入室に、寅吉と益田は顔を見合わせた。つまらない人捜しの依頼を聞いている現場に、探偵が登場してしまった。細かな話を説明したら榎木津はふたりに馘《くび》を言い渡すかもしれない。

「……和寅《かずとら》、珈琲《コーヒー》」

榎木津が命じた。榎木津は寅吉のことを「和寅」と呼ぶ。椅子の背もたれに体重をかけて、軟体生物のようにくたりとなって、いまにも溶けてしまいそうな様子だった。いつもより若干、精彩を欠いて見える。やはり榎木津は風邪を引いているのかもしれない。

「はい。先生、すぐに珈琲をお持ちいたします」

寅吉が勢いよく立ち上がる。叱られるとしたら、益田ひとりにその叱責《しっせき》をまかせようという魂胆であろう。益田はすっかり逃げそびれ、さてどうしたものかと天井を見上げた。

「あの……彼が、名探偵榎木津礼二郎さんですか？」

ジョンが小声で聞いてくる。

「はい。彼がその名探偵です」

「武蔵野連続バラバラ殺人事件をはじめとするいくつかの難事件を解決したという、あの」

「はぁ。だけど、この探偵は人捜しはしないんですよ。それは僕の領分なんだ」

ジョンの目に期待の光が灯《とも》るのを、益田は嫌な予感と共に見つめた。

「不思議な力を持っていると噂で聞きました」

「噂で？　まぁ力もなにも——本体そのものが奇天烈で不思議なんですけどね。うちの探偵は」

「俺は学生のとき精神医学を専攻していて」

「はぁ」

その先を待ったがジョンはそれきり口をつぐんだ。

少しのあいだ溶けかけていた榎木津は、毛布をどさりと床に落とし、長い脚をひょいと机に載せた。ぐらりと身体を揺らして顔を上げ、そこでやっと榎木津の視界にジョンが入ったようだ。

榎木津は、興味のないものには視線を留めない。

ということは——ジョンには、なにかしら榎木津の興味を引くものがあったということか？

「あ」

榎木津の顔が弛緩《しかん》した。だらしなく口を開け、ジョンの斜め上あたりを凝視している。

益田は榎木津の視線を追うように、ジョンの背後を見つめた。

なにもない。益田に見えるものは、ジョンの河童《かっぱ》のごとき禿頭《はげあたま》だけである。

「手紙……。それから、石だ。石だなぁ。石を魔法瓶に詰めて、どうしたいんだ。魔法瓶に詰めるのは石じゃあないぞ。飲み物だ。熱かったり冷たかったりの——飲み物を詰めたまえ！　だいたい石より飴《あめ》だ。飴のほうがいい！　飴は、あまぁいからな。ああ、喉《のど》が渇いた。和寅！」

榎木津が云う。なにを云っているのかは常人には理解不能だ。

「はい。ただいま」

寅吉が淹《い》れたての珈琲をお盆に載せて運んでくる。榎木津の机の上にそっと置く。室内に珈琲のいい香りがしている。

榎木津礼二郎は――人の記憶を「視《み》」る。

理屈をつけて説明されても、益田には理解できないことだった。が、とにかく榎木津は、人がそれまでに「見」たものを、その人の背後に「視」ることができるらしいのだ。だから榎木津は事件を瞬時に解決する。犯罪者の「見」たものを「視」ることで、榎木津は犯人を見つけだす。別に大層な犯罪だけではなく、榎木津はありとあらゆる人びとの「見」てきたものを「視」てしまう。光景を選ぶこともできず、順番もばらばらだ。十年前のことも今朝のことも、ごちゃ混ぜになって、榎木津の意志とは無関係に一方的に「視」えてしまうものらしい。

ならば――彼が己を神と断定するのも、やむなしだ。

榎木津の茶色の硝子の目の前では、隠し事は不可能なのである。

「名探偵、榎木津礼二郎さん。俺はあなたの噂を聞いて、依頼に来ました」

ジョンがソファから立ち上がり、榎木津に向かって声を上げた。

榎木津は、ふわぁと大きなあくびをした。猫のような仕草である。

「東京ローズを捜して欲しいんです！」

真摯《しんし》な口調でジョンが榎木津に詰め寄った。榎木津は退屈そうな顔つきで、ジョンを見返す。

「唐辛子だろうが蠟人形《ろうにんぎょう》だろうがつまらないものはみんな探偵助手の仕事だ。捜しものは探偵の仕事じゃあない。人助けも探偵の仕事じゃあないぞ」

叱責される覚悟を決めて、榎木津の次の言葉に向けて姿勢を正す益田だった。馬鹿だオロカだのの言葉はもちろん、時には物も飛んでくる。榎木津の様子を見極めて、場合によっては隣のお勝手に逃げださなくてはと身構えた。

そこで——榎木津がふいに「あ」と、また短く声を上げた。

「なんだ。光ってるぞ。光ってるな！」

続けて「あははははははは」と大きく笑いだす。

「いい禿頭だ。やぁ、まるで河童じゃないか。きみは河童にそっくりだなあ。僕の下僕にも河童に似た男がいるが、きみも堂々とした河童男だ。よし胡瓜《きゅうり》をやろう！　河童なら石を魔法瓶に詰めるのも許す。光ってるから詰めたんだな。相撲も好きなだけとるといい。ふふ。チョコレエトに飴も詰めるのか。河童なら泳ぐ！」

益田は絶句した。益田が思っても云えなかったことを、榎木津はてらいなく堂々と云ってのけるのだった。大人ならば配慮して口に出せないひと言であっても、まったく気にしないのである。榎木津はよくこうやって人の外見の特徴をあげつらい、笑う。云われた相手は憤慨し怒りだしたり赤面したりするが、榎木津は常時、正直なことしか云わないのである。

たまに榎木津の笑い声に「正直者は馬鹿を見るならぬ、正直者の馬鹿笑い」という戯《ざ》れ言《ごと》が益田の脳裏に浮かぶが、口に出したら「僕の笑いは正直者の神笑いだ。馬鹿はおまえだ」と叩《たた》かれそうなので云えないでいる。

「捜しものも人助けもしないのならば、ではは探偵はなにをするのですか？」

最初は榎木津の奇天烈さに呆気《あっけ》に取られたようだったジョンだが、榎木津を真っ直ぐに見返してそう尋ねた。素直な子どもみたいな聞き方だった。

「探偵は秘密を暴いて真実を探る唯一無二の存在だ。それが探偵であり、つまり僕だ！カスオロカ！」

「はいっ」

益田の名前を、榎木津はちゃんと呼んだ例《ため》しがないのだった。益田が益山《ますやま》や益川《ますかわ》になるくらいは、いい。マスオロカはまだしもマスが残っている。しかしカスオロカになると、スしか合っていないではないか。

「河童さんの云うことを聞いてあげるといい。助けるのは助手の仕事。河童さんの捜し物は胡瓜だな。胡瓜を捜すべきだ。よしオロカ、立派な胡瓜を捜してあげなさい」

榎木津は人の話を一切、欠片《かけら》ひとつも、聞いていないのである。

けれど——ジョンの存在のなにかが榎木津のつぼをついたようだった。叱られることなく、ジョンの依頼の人捜しを、益田は榎木津に申しつけられたのであった。


いまだ益田は東京には不慣れなままだ。それでも目に入る景色に馴染《なじ》みつつある土地がいくつかできてきていた。そのひとつが中野《なかの》である。

中野の大通りはついこのあいだまで道沿いに桜が淡い桃色に空を霞《かす》ませていたが、今日はすっかり葉桜だ。落ちた花びらが溜《た》まり道の端は長く白い。見上げると若い色合いの緑が、柔らかく日差しを弾《はじ》いている。涼やかな風に葉と枝を揺らされ、木々がさやさやと囁《ささや》くように音を鳴らしている。

電線が空を区切り、黒い糸を縦横に渡している。

東京ローズを捜してくれという依頼を受けた益田が薔薇十字探偵社を出て向かったのは、

中野の外れ――だらだらと傾斜が続く眩暈坂《めまいざか》を登り詰めたところにある古書店『京極堂《きょうごくどう》』であった。

京極堂は変わった店だ。古書店であるので、当然ながら、売るほど古書が置いてある。しかし益田は京極堂で客が古書を買っている姿をまだ見かけたことがない。店主である中《ちゅう》禅寺《ぜんじ》秋彦《あきひこ》はいつも全世界が何事かで滅んでしまったかのような仏頂面で眉間《みけん》にしわを寄せ、売り物の古書を読んでいるのだった。

趣味で本を集めて読み漁《あさ》っている延長で、古書店を開いたのではと思われる節があるのだが、当人によると古書店が本業なのだそうだ。本業とは別にある家業は神社で、神主だ。それだけではなく請われると、陰陽師《おんみょうじ》として憑物《つきもの》落としも行っている。

扉には、店主自らがしたためた、達者なようでもあり自己流の極みのようでもある『骨休め』の札がかかっていた。この札がかけられているとき、店主は店先にいない。店は開いていないようだ。

そのまま益田はぐるりと母屋のほうへと足を進める。事前に電話を一本入れてから出向いたので、追い返されることはないだろう。玄関先から声をかけるより先に、中禅寺が誰かに教え諭すように語りかけている声が聞こえてくる。中禅寺の声は深みがあり、大きな声を張り上げているわけではなくても、実によく通るのだ。

対して、叱られている相手の声はまったく聞こえない。

「ごめんください」

益田の声に、客間から「入り給え」と中禅寺が応じた。中禅寺の細君は不在のようだ。この家において、妻不在のときは客は好き勝手にふるまうしかない。

廊下を歩いて奥の間に近づくにつれ、先客についての心当たりがついてしまう。中禅寺に叱られて、かつ、はきはきと云い返すこともできずうつむいて小声で「うううう」と言葉を飲み込んでしまう人物は――関口巽《せきぐちたつみ》しかいない。

案の定、襖《ふすま》を開けると、そこには関口巽が背中を丸めてうつむいて座っていた。もし猫背選手権というのが広く開催されたならば、関口はおそらく関東代表あたりに選出されるであろう。たいした背中の丸まりぶりである。

益田は関口の隣に座る。関口はちらりと目線を上げて、しょぼくれた顔つきで益田に「やあ」と云う。

蚊の鳴くような声なのに聞き取れるのは、益田の日々の耳掃除の賜《たまもの》だろうか。

「やあ、じゃないですよ。関口さんは今日もまた相変わらず不元気そうで」

「不元気そうって、なんだい。それは」

「そのままですよ。お元気そうの反対です。まぁ、人間みんながいつもうちの探偵くらいに元気で躁《そう》状態だったらめまぐるしいですから、関口さんみたいな人が世の中の空気を中和してくれていると思うと、ありがたい。どうぞ関口さんは、もうずっと不元気なままでいらしてください。応援します」

　まだ短いつきあいではあるが、益田の見たところ、関口はいつも「世間という大きな手に丸めて捨てられる寸前」の風情がある。それが関口の個性であった。

　中禅寺の視線は、卓上にある書物の文字を追っている。うなだれて反省する関口を見るのでもなく、入室した益田を見るのでもなく、書物をひたすら読んでいる。利休鼠《りきゅうねず》の着物に身を包み、凶悪な顔つきだ。いつも通りの中禅寺である。

　関口は、益田の軽口に「ああ」とも「うう」ともつかぬなにかをつぶやいてから、悲しげな表情で告げた。

「不元気にもなるというものだよ。この春から妻が外に働きに出て」

「はあ」

「すべては僕がふがいないせいだ。だから、このままではいけないとさすがの僕も奮起しようと――したんだ。僕はね、久しぶりに小説を書いたんだ。しかも僕にしてはすごいことに二作同時に書いている。快挙だよ。気分が盛り上がって、ちょっとはいいことを云ってもらうつもりで友人に読んでもらったら」

　関口巽は――小説家なのである。

　寡作であり、かつさほど人気作家ではないようで、たまにカストリ雑誌に別の筆名で記事を書いていると聞いている。

が、細君が働きに出たというからにはカストリの記事を書く程度では食いつないでいけなくなったということであろう。それは発奮せねばなるまい。いかな関口であろうとも、だ。

「僕は関口君の友人じゃない。知り合いだ」

中禅寺がぴしゃりと告げる。関口の眉尻《まゆじり》が下がり「ううう」と口ごもる。

中禅寺と関口は学生時代からのつきあいのようだが、中禅寺は頑として関口を友だちとは認めないのだった。常に「単なる知り合い」だと云い張る。だが、益田からすると頑《かたく》なに知人扱いをするというこのやり取りが、いかにも旧知の仲のあいだでのみの符丁のようで、仲睦《なかむつ》まじさを感じさせるものだった。ことさらに友人だと云いたがる関口に、毎回、友人ではなく知人であると応じる中禅寺。中禅寺の返しに傷心の表情を見せる関口と、それを無視する中禅寺というところまでの流れは、ふたりにとっての無意識の「お約束」のように見える。他者には窺《うかが》えないふたりの過去の時間の共有が垣間見《かいまみ》える気がする。

関口の額から汗がぶわっと噴き出ている。

「関口君は書き上げたかのような口ぶりで自慢げに云うが、両方未完だ。途中の原稿の、どちらが小説としての体を成しているかと聞かれたから、比較するならばこちらだと素直に意見を伝えただけだ。云われなければ意見など述べるはずもないのに、どうしてもと請うてきて、答えた途端に泣き言を云う。あまつさえ聞いてもいない弁解を並べだす。君がまがりなりにも小説家だと云うのならば、反論はせめて小説にしたため給えよ」

　中禅寺の声が部屋に響く。

「泣き言も云いたくなるさ。最初に君はどちらも小説ではないなと切って捨てたじゃないか。それでもどちらかは小説になっていないかと尋ねて、やっと、どちらかというならこっちだと云う。しかも嫌嫌だ。僕はね、友人知人だからといって京極堂に読んでもらったわけじゃないんだ。毎回、どう思うかと君におそるおそる意見を聞きに来る度に、きつい感想を返されて地の底まで落ち込んで帰っているからね。知り合いだからといって京極堂の僕の小説への意見が変わることがないのは知っている。手心を加える意見じゃあないから信頼もしているんだ。でも、割《わ》り箸《ばし》の入っている箸袋に書かれた文字ですら読む男が、僕の小説を、小説じゃあないと云う。ひどいじゃないか」

　よく見てみれば卓上には原稿用紙の束が二つ置いてある。一枚目に表題を大きく書いて綴《と》じられている束のひとつには『風蜘蛛《かぜぐも》』と書かれ、そしてもう片方には『獨弔《どくちょう》』と記載されている。

　関口が、益田へと顔を向けて訴えた。実際、とてもつらそうである。

　外見の特徴のきわどいところをあげつらうのが得意な榎木津は、関口のことを「猿」と呼ぶ。強いて云えば毛深いところと、赤面症ですぐに赤くなる顔が「猿」かもしれない。こんなに陰鬱《いんうつ》そうで弱気な「猿」を益田は見たことがないが。

中禅寺は関口を真っ直ぐに慰めはしないのだった。だから益田は当たり障りなく、関口を宥《なだ》めることにした。あまりにも悲壮な顔になっていくから放っておけなくなったのだ。

「はぁ……そりゃあ困りましたねぇ。でもそうは云っても、もう関口さんは小説家になっているんだから、そういう人が書いたものはどんな内容でも小説なんじゃないですか？」

「だがね、京極堂は僕の作品は小説ではなく体験談だと云うんだ」

「私小説だと云っただけだ」

「同じようなものだ。巷《ちまた》で僕が評価されている幻想小説の枠組のものではないと云ったじゃないか。実際……それもそうなんだ。わかってるんだ。僕はずっと幻想小説どころか小説を書いた例しなんてない。見えていること、知っていることしか文字にできないそんな人間なんだ。私小説でもないだろう。体験談さ。小説家でございなんて堂々と云えないよ。才能の欠片《かけら》もないからね。だからこそ、僕は、自分の知り得ない事実を基に小説を書き上げようとしたんだよ。君たちが春に体験した、例の——蜘蛛屋敷の事件の伝聞を僕なりに。知らないことが書けたらそのときは僕も、とうとうちゃんとした小説が書けたと胸を張れるかと思ってね」

「蜘蛛の？」

益田の胸の奥がざわりと蠢《うごめ》く。

蜘蛛屋敷と云われる複雑な構造を持つ屋敷で陰惨な事件が起きた。ほんの先日の、春の出来事である。蜘蛛の巣を張り巡らせたなかに、人と事件がまばらに巻き込まれ、糸にからめとられて蜘蛛の巣の主の思惑のまま——大層、人が、死んだ。

益田も、蜘蛛の事件に巻き込まれ、右往左往した口である。

最終的に事件は榎木津が解決し犯人を捕まえ、中禅寺が関係者全員に取り憑《つ》いていた憑物を落とした。

そう云えば、珍しく関口は蜘蛛屋敷の事件には関わらなかったのである。益田が関口にはじめて出会ったときから、関口は難解な事件に何故か巻き込まれて、酷《ひど》い目に遭ってばかりいたのだったが。

「そう。だから比較するなら、二作のうちの、蜘蛛の話は幻想小説になりかかっていると答えただろう。感想を聞かれたら感想を云うし、文章について問われたら文章の間違いや比喩《ひゆ》表現の拙《つたな》さを指摘するし、どちらがより幻想小説に近いかと聞かれたらその問いに答えるまでだ。関口君は僕に二作のうちのどちらが幻想小説かと聞いたんだ。小説かどうかなんて聞かれていない」

中禅寺はぺらりと書物の頁を捲《めく》りながら、云う。話の最中、ずっと視線は書物の活字を追いかけている。

「それは……君が僕の書いたものは幻想小説ではないと云うから、ならば僕のは体験手記だと重々反省したんだ。それで今回こそは少しは小説らしいところができたかと聞いただけで」

　堂々巡りである。

「待ってくださいよ。蜘蛛の事件なら僕も関わった。調査をしましたよ。探偵の代わりにあちこち走りまわったんだ。――なんなら僕も読みましょうか。蜘蛛の小説」

　本気ではない。事のついでだ。話の流れだ。読んだら読んだで、適当な感想を述べて、この場の空気をちょうどいいくらいに温めて、関口の気分を少しは浮上させ、へらへら笑って――その後で「ところで、僕がここに来たのは、中禅寺さんに教えを請いたかったからなんです。ＧＨＱや東京ローズについて、中禅寺さんが知っていることがあるんじゃあないかなと知恵を借りに」と話を切り出すつもりだった。

　ところが、関口は顔色を変えて狼狽《うろた》えた。あまつさえ関口らしからぬ素早さで原稿用紙の束をかき集め胸元に抱え込んだ。

「読まないでくれ」

　ほとんど悲鳴のような声であった。耳まで赤くして汗をだらだら流して拒絶する。

「なんでですか。人に読ませるための小説でしょう？」

　強く読みたいわけではなかったが、だからこそ世辞のつもりだったのだ。「読みましょうか」と申し出たら、照れながらも、いい気になって差しだして感想をもらいたがるのが小説家ではないのだろうか。こんなふうに拒否されるのは想定外だ。

「小説じゃない。小説だと思って持ってきたが、ついさっき小説じゃないと否定された。おまけにつまらない駄作だと云われた。実際、そんなものなんだ。僕には小説なんて書けやしない。僕の目の前でこれを他人が読むのかと思うと、憤死しそうだ。やめてくれ」

いつももじもじと滑舌悪く小声で発言する関口なのに、こんなときだけ多弁で、決然としている。自分を貶《おとし》めることや、卑下することにかけては巧みなのである。

「関口君。僕は、つまらない駄作とは云っていないよ。よろしくないところがあると云ったんだ」

「同じことじゃないか」

「おもしろいところもあると云った。蜘蛛の話の『風蜘蛛』の登場の部分はとても興味を惹《ひ》いたし、僕はちゃんとそれは云ったぜ？」

「君が知らない妖怪《ようかい》について僕が言及したからじゃないか。物語の緩急もないし娯楽性は欠片もないと云った。むしろ『この文章ではなにがなんだかわからない。もっとはっきり書き給え』と、僕の文章の不足を細かく指摘して、穴だらけだと文句を云った。君が知りたがったのは『風蜘蛛』についてだけだ。それなら小説にする必要はないんだ。カストリの記事にするべきだったんだ。そもそもこの『風蜘蛛』も思いついたのは鳥口《とりぐち》君だった。僕との日常話の合間に口から出任せを云ったんだ。それがおもしろいもののような気がして僕は自作に流用させてもらったが——思いつきですら人のものだ。どうせ僕は」

「風蜘蛛ってのは、なんですか?」

益田は会話に割って入った。正直に云えば、関口の小説についての子細は益田にはどうでもいいことなのである。関口が自主的に萎《しお》れていくのを眺めるよりは、小説の話については切り上げて流れを変えたい。

益田が問うと関口がぼんやりとした云い方で、

「風は、風だ。蜘蛛は、蜘蛛だ」

とつぶやいた。

中禅寺も書物から顔を上げずに補足し答える。

「虫偏に知と虫偏に朱の、蜘蛛だよ。蜘蛛の巣を作る、蜘蛛。チチュウだ」

「チチュウ?」

「蜘蛛は、もとの漢語の音読みがチチュウだったのさ。それに当てはめて漢字を当てたものだから漢字の旁《つくり》に意味はない。古くは違う漢字が当てられていてチチュウは古語では『たちもとほる』と読まれていた。徘徊《はいかい》するという意味だ。蜘蛛が蜘蛛の巣を作るときに巣のなかを行き来している様子を表したんだろう。虫偏を持っているせいで漠然とみんなが虫であるように思い込んでいるが、蜘蛛は本当は虫ではない。それから、風のほうはと云うと、そよそよと吹いてくる、あの風だ。関口君のこの話のなかでは夜に高い場所にひとりでいると『風蜘蛛』という妖怪が現れ、人を惑わし自死を誘うんだ。関口君の創作にしては妙に背景に書き込みが多いなと細かく聞いてみたら、鳥口君の思いつきに影響を受けたと云うんだな。鳥口君の思いつきならばそれはそうかと思ったが、それでも筆致に引っかかる。だから鳥口君からの思いつきを拾って書こうとした関口君なりの、そのとっかかりになったものは何かと聞いてみたらこの始末だ。まともな返事はないんだ。ずっと小説についての泣き言と弁解だ」

鳥口とは、赤井書房《あかい》という出版社に勤務する、関口とつきあいの長い編集者の名前である。関口が別名義で寄稿しているカストリ雑誌の編集をしていて、猟奇的な事件やほの暗い噂話や芸能界のスタアたちの裏の顔にも詳しい人間だった。

「聞いたことのない妖怪だと云って、京極堂は、僕の小説の中身を早早に切り上げて風蜘蛛の話ばかりを僕に振るんだ」

どうしてか関口は庭のほうへと顔を向けて小声で云う。拗《す》ねているように聞こえる。すぐ隣だからかろうじて聞こえているが、席が離れて対面だったら耳に届かないような小さなくぐもった声である。

「中禅寺さんが知らない妖怪なんて、いるんですか？」

「いるよ。妖怪と云うのはね、日々、生まれては消えていくものだ。記録に残れば生き延びて誰も記憶を受け継がなければ消えていく。妖怪や憑物《つきもの》と云うのは人間社会におけるひとつの装置でもあるから、時代に応じて形を変えるし役目を終えれば変容とともに消えることもある」

「装置？」

「人を羨《うらや》むとき、嫉妬《しっと》にかられたとき、人は自分と他人との差異にある格差を埋めるために憑物という装置を置く。憑物は嫉妬の焔《ほのお》を鎮火する装置でもあるんだよ。『あいつの家が金持ちなのは妖怪のせいだ。憑物が憑いているせいだ』ということにしてしまうと、己の不運は己が招いたものではなくなるからね。すべては自分に憑物がいないせいで、自分の努力不足のせいではないのだと、自分の外側に理由を見つけられる。そういう便利な使い方もできる」

「便利、ですか」

中禅寺はやっと書物から視線を上げ、益田を見た。どうやら興の乗る会話の流れになったらしい。

「そうだ。便利さゆえに、特定地域で即席で出来上がり、根付かないまますたれていく妖怪もいる。妖怪というより都市伝説の類《たぐい》だな。いまこの瞬間にも日本の何処かで新しい妖怪が生まれているかもしれない。といっても僕たちの時代に生まれるかもしれない妖怪も、大本は昔からの妖怪の亜流だろう。人は、自分たちが思う以上に独創性に欠けている。過去の妖怪や過去の神に、いま理解できて信じられる妖怪と神とを上書きさせて幾ばくかの補足を書き足す程度がせいぜいだ。蜘蛛の名を持つ妖怪はいくつかあって、たとえば」

「女郎蜘蛛《じょろうぐも》」

益田がつぶやくと、中禅寺がかすかに顎《あご》を引いた。

「——蜘蛛は一筋縄では片付かないのだ。中禅寺さんは、前に、そう教えてくれましたね」

続けると、おそらく中禅寺も、益田と同じ事件を瞬時に思いだしたのであろう。中禅寺の眉間《みけん》のしわがより深まった。

「ああ。そうだ。おおよそ蜘蛛は土蜘蛛系と水神系に分けられる。土蜘蛛は朝廷に刃向かった物たちの蔑称《べっしょう》だ。水神は機織りの系譜で女郎蜘蛛は巫女《みこ》だと云う話は前にもしたね。古来、機織りは生活に密着したものだった。糸を縒《よ》るところからはじまって家のいろり端に機織り機を置き娘は十五、六で機を織ったものだ。機織りは水神を奉る神事でもある」

「はいはい。機織りはもとが水辺で行うもので、水の神様を迎える神事だったからっていうやつですよね。機織りに纏《まつ》わる伝承は、異類婚姻譚《たん》だというのも伺いました。鶴の恩返しに天女の羽衣伝説に——蜘蛛女房」

かつて似たような会話をここで、した。そのときには何人もの人死にが出た。

ぺたり、と。

益田の手に、顔に、蜘蛛の細い銀の糸が張りついてきたような気がした。

そこに蜘蛛の巣があることを知らず歩いて、身体に蜘蛛の巣がまとわりついたときの不快感に似た、薄気味の悪さにとらわれる。

「うん。女郎蜘蛛は善く火を発する。あれは製鉄との関わりがあり姑獲鳥《うぶめ》ともつながっている。蜘蛛火は怪火《かいか》の一種として記録に残っているね。もし風蜘蛛の名を持つ妖怪がいるのならそれはどちらの蜘蛛なんだろう。そこが気になって関口君に話を聞いても、関口君の返事はちっとも要領を得ないから困るんだ」

「知らないことは知らないと答えただけだ。思いつきなんだから体系なんて解らないよ。風蜘蛛は風蜘蛛だよ。土も水も関係なく、どちらでもない。新しい妖怪なんだから、新しいのさ。風に乗って飛んでくる蜘蛛だ。高いところに立っていると近づいてきて耳元でなにかを囁《ささや》くんだ。それでうっかり人が死ぬ。そう云う噂話が基になって少女たちが……」

「ほら、要領を得ない。なにかって、なんだい？」

呆《あき》れたようにして中禅寺が聞いた。

「なにかだよ……。わかるわけはないよ。だって風蜘蛛に囁かれた者はみんな自死してしまうんだから。噂だよ、噂」

「そりゃあ、おかしい。だったらどうして風蜘蛛がいるって噂を流すことができるんです？　見た人、囁かれた人が皆死んでしまったなら、噂になるはずがない。噂の発端になる人物がいないじゃないですか？」

思わず益田がそう口にする。

「それはそうだが——益田君。だいたいこれはその……小説だ。発祥だとか由来だとか云われても困る。そこは重要な部分じゃないんだ」

関口はもごもごと云ってから「否——僕のこれは小説もどきだ。小説ですらないんだからな」と自嘲《じちょう》するようにつぶやいて、どんよりと遠い目をした。

益田の見ている間にもどんどん関口の表情が暗いものに変わっていく。目の光が消えて虚《うつ》ろになっていく。

「系譜を問われても僕に答えられるわけがないじゃないか。僕は京極堂じゃないんだから。それに土蜘蛛だって女郎蜘蛛だって海蜘蛛だって、実際に見た人間はいないんだろう？風蜘蛛が見えなくたっておかしくはない。どの蜘蛛もみんな、いないんだから」

「いるよ。土蜘蛛も女郎蜘蛛も海蜘蛛も皆、存在していた。何度も説明しただろう。見えていた。そのうえで人は装置として見えている格差に名前をつけた。あるいは差別されていた異人が共同体と切り離されて蜘蛛の名がつけられて妖怪になった」

中禅寺がぴしゃりと告げる。叱られたというわけでもないのだが、関口はしゅんとうつむいた。

「ところで関口君。この自死と心中沙汰《ざた》の題材はおおよそ三原山《みはらやま》と坂田山《さかたやま》あたりだろう？違うかい？」

「うん」

関口が死んだ魚の目になってうなずいた。

「たぶん、そんな気がしないでもないんだが、わからないなあ」

少し間を置いてからそうつけ加え、どうしてか関口は一層身体を縮めた。自分の書いたものについても自信が持てないし、なにから着想したのかも記憶にないらしい。関口の記憶力はとてもあやふやなのだった。

関口は論客ではないのだが、中禅寺の舌鋒《ぜっぽう》の鋭さを期待している節がある。いつも最後には叱られたりけなされたりするのに、なにかと京極堂を訪れては中禅寺とあらゆることを語り尽くして過ごしている。だからここでうなだれて見せても、とことん落ち込んでいるわけではないのだろう。好きで論客のふりをして中禅寺に挑みかかっては敗退しているのだ。

見た目ほどには関口は弱くない――と、益田は思っている。

そうして中禅寺のほうも文句は云いながらも関口との会話を楽しんでいるようにも思える。そのあたりもこのふたりが古きつきあいの「知人同士」の阿吽《あうん》の呼吸《こきゅう》なのかもしれない。

「三原山と坂田山ですか？」

益田はただひたすら中禅寺の語りを傾聴し、ときおりおうむ返しに問うくらいしか、関口を助ける術《すべ》はない。助ける必要もないのかもしれないとは思うのだが、関口はわかりやすくしょげた風情で肩をすくめていくので、ついつい益田は手を差しだしたくなるのである。

中禅寺はまた視線を書物に戻してしまった。ぺらりと頁が捲《めく》れる音がする。

沈黙が落ち、中禅寺の代わりに関口が隣でくぐもった声で云う。

「だから……昭和八年に三原山での自殺事件が流行《はや》っただろう？　僕はそれほど覚えてないが、女学生が親友の自殺に立ち会ったっていう事件だ」

上目遣いで中禅寺を見ていよいよ小さな声で云う。「だから」が会話としてうまくつながっていないが、狼狽《うろた》えて言語が怪しくなるのは関口にはありがちなことである。

「あった。立会人と一緒に登山して、三原山の火山の火口から飛び降りる」

中禅寺が同意した。益田はさっぱり記憶になくて中禅寺と関口の顔を交互に見た。

「そんな事件があったんですか？」

「うん」

関口がうなずく。益田は胡乱《うろん》に思い、尋ねる。

「流行ったってどういうことです？」

「流行ったんだよ」

関口の返事は、答えになっていない。

補足してくれたのは中禅寺だ。

「昭和八年には三原山で女学生の自殺事件があったが、その前年の昭和七年には坂田山心中事件と云うのがあってね。坂田山と云われる山で資産家の娘と慶応大学の学生が、親に結婚を反対されて心中したんだ。それだけだったら特に流行《はやり》にもならなかっただろうが、安置されていた女性の死体が突然、消えた。消えた上で大磯《おおいそ》海岸で全裸で発見された。これが当時の人の心をとらえてね。扇情的に報道された。映画にもなって、流行歌もできた」

「心中事件が流行歌に？」

「その翌年に三原山で、今度は女学生が親友の立ち会いのもとに投身自殺をした。この立会人は、二人の友人を、二度、三原山で見送って自殺幇助《ほうじょ》の罪に問われたはずだ。立会人の学生が、どうしてそうしたのかは謎のままだ。二年続いて謎の多い心中と自殺事件が起きたせいで、自殺が流行った」

「自殺は流行になるようなものじゃないでしょうに」

「どんなものでも流行にはなり得るさ。あの年は自殺が流行ったんだ。三原山の火口から飛び降りた自殺者が昭和八年には年間で九百人いた」

「そんなに？」

驚いたのは年間九百人が火口に飛び込んだということに関してもだが——自分がそれをまったく記憶していないということにもだった。昭和八年となると益田はまだ幼い時期だ。だから興味を惹《ひ》かなかったし、そもそもそんな不吉な話を周囲の大人たちは益田の耳に入れなかったのだろう。

関口が口を開く。

「ああ。そのときも風蜘蛛が囁いたんだと云われている。それ以前からも、それ以降も、高い場所には空から風蜘蛛が降ってきて囁くんだ。そう云う妖怪《ようかい》なんだと女子学生が噂する……と云う、まぁ、そんな内容の」

小説もどきがそれなんだよと、関口はぼそぼそとつぶやいた。

「僕なりに娯楽を意識して書いたんだ。小説もどき……でしかなかったが」

関口の萎《しお》れぶりに益田は困惑する。丸くしぼめた背中をそのまま亀の甲羅にして、背中のなかに手足も頭もすべて収納してしまいそうだ。

今回、益田が京極堂を訪れた理由は、自殺事件についてでも風蜘蛛についてでも関口の小説についてでもないのである。なのに益田は自分の用事を切り出せないでいる。

関口の話しぶりはぐるぐると同じところを回っているように見えて、対話相手の中禅寺の誘導で、いつのまにか螺旋《らせん》を描いて少しずつ位置を変えていくのだ。くり返される同一の単語が、会話を聞く益田の脳裏に深く染み込む。

「風蜘蛛については知らないですが、実は僕も蜘蛛の話をさっきも聞いたばかりで。話の本筋ではなかったんですがね」

張り巡らされた電波の糸が空を覆う光景が。

電車の窓から見た空を区切る黒い電線が。

蜘蛛《くも》の巣のように透明なそれが。

頭上を覆い尽くす中央に蜘蛛。

益田の肌に粘つく糸が引っかかっているように思えた。なんのことはない偶然の重なりだろう。けれど嫌な予感がした。

「今日一日で続けて蜘蛛が話題に出るなんて、変なものですね。蜘蛛なんて普段はそんなに口にすることのない言葉なのに。……これもまた誰かの図面の上に並んだ偶然ってことはないですよね」

中禅寺は答えない。頁を捲る音がする。

「図面の上に並んだ偶然って云うのはなんだい？　ユングにおけるシンクロニシティ、つまり共時性のようなものなのかい」

関口に問われ益田は口ごもる。

「ユング？　共時性？」

「カール・ユングは心理学者で、自分が治療する患者たちの語る話と世界各地の神話に共通点が多いことに着目し、人類には共通の『集合的無意識』が存在すると主張している。人の心の奥底には共通する無意識が眠っているのさ。人と云うのは、個々、別々に行動しているように見えて内部にある大きな流れは人類すべてが共有しているという考え方だ。それゆえに複数の出来事が、離れた場所で、同時期に発生するんだね」

関口はこう見えて理系の大学生であった。専攻は粘菌だったが心理学の分野は得意としていたらしく、フロイトに造詣《ぞうけい》が深いと誰かとの会話の流れで小耳に挟んだことがある。こういう話題は関口の興味を惹くものであるようだ。

「パウリ＝ユング書簡か」

中禅寺が云う。関口の声が少し明るくなる。

「気になって原文を読ませてもらったんだ。さわりだけだが実に興味深いね。早くひとつにまとめて翻訳してくれるといいんだが」

益田は門外漢なので調子のいい顔を作ってへらへら笑顔で拝聴する。

「まあつまり、世の中という表層のひとつひとつはつながっていないように見えて、根底の人人の無意識はいつも混沌《こんとん》とひとつにまとまっているという話だな。そういう論だ。だからある時期に同時に場所の違うところで同じ出来事が起きて、それが偶然に見えたとしても、それは偶然ではない。共時性と云うものだ」

関口が続ける。

つながっているのか。

人の無意識が世界の底でひとつに。

地球の芯《しん》で燃えたぎりどろどろに溶けているマグマのように。

「僕はたまに思うんだよ。電車や車がカアブを描いて曲がっていくときにごとごととひどく揺れるように、僕らは次の時代に移るときに一斉にごとごと揺れを感じるものなんじゃないかなとね。乗っている電車の位置や天候やその日の個人の気分で揺れに対しての個人の抵抗力は変わるだろう。強く踏ん張れる個人もいるが、そうできない個人もいて、できない個人は振り落とされる。時代ごとにひとつの不安や希望を無意識のなかで共有している気がするなぁ。かつての自殺の流行は不安な無意識に敏感で時代の気配を察知した金糸雀《カナリア》の囀《さえず》りと羽ばたきかもしれない……と云うようなことを考えて……小説もどきを書いたんだがねぇ」

と、小説について話が戻った途端に関口の勢いはまた窄《つぼ》まった。つくづく面倒臭い小説家先生である。

「いやぁ、関口さんについても無意識についても僕なんかにはわかりかねますが、僕と蜘蛛についてならそんなにご大層な理由じゃないんじゃないのかぁ。単に僕が、蜘蛛と云う言葉に敏感になっているだけなのかもしれない。立派な学者先生の話や関口さんの小説を持ち出すようなことじゃないですよ」

結論づけて益田は目にかかる自分の前髪をふっと吹いた。

からみついてくる蜘蛛の糸を吹き飛ばすかのように。

「関口さん、やっぱりその小説を僕にも読ませてくださいよ。僕《ぼか》ァ、芸術のほうにはなんの才覚もないですから、当てにもなりませんが、それでも字は読める。娯楽なら僕にだっておもしろいかおもしろくないかの感想くらいは云えますよ」

「断る！」

やけにはっきりと短く応じ、関口は抱えていた原稿を傍らにあるくたびれた鞄《かばん》に手早く詰めた。

「そんなに人に読ませたくないのによく小説家になんてなれましたねぇ」

益田は、できるだけ軽薄に見えるように前髪を揺らし「けけけ」と軽く笑った。少しでも空気が温まればいい。浮き上がるくらいでちょうどいい。そうしないと関口は背中を甲羅にして閉じこもってしまう気がした。

「うん。まぁ」

関口が目を泳がせる。もごもごと口の奥でなにかの言葉を噛《か》みつぶしているが、益田の耳にすら聞こえない。

「これでいて関口君は僕には意気揚々と小説を見せるんだ」

中禅寺が云う。

「そうだよ。それでいつも心をへし折られるんだ」

しょんぼりとうなだれて、けれどどこか拗《す》ねた子どもみたいな云い方で関口が返す。

「好きでへし折っているわけじゃないさ。君が聞くから答えるだけだ。ところで益田君。君は君で、関口君の小説を読みに来たわけじゃないだろう。先に云っておくが面倒なことは聞かないよ。榎木津に関することには特に巻き込まれたくはない」

「ああ。はい。この件は、電話でもお伝えしましたが探偵には向いていない調査でして」

そこでやっと益田は京極堂を訪ねた用件を口に出すことができた。

「実は今日、薔薇十字探偵社に東京ローズを捜して欲しいという依頼があったんです」

「東京ローズというと、ゼロ・アワー放送だね」

中禅寺はさすがに話が早い。説明しなくてもつるりとすべてを飲み込んで相づちを打つ。

「それですよ、それ。元GHQだったと云う米国人が人捜しに来たんです。東京ローズとしてアナウンスをしていた女性をひとり、捜してくれってね。何処かで薔薇十字探偵社の名探偵の話を聞いて、それだけの名探偵ならば捜してくれるんじゃないかって思って訪ねて来たそうです」

短く伝えればそれだけの内容だ。

「アイバ戸栗《とぐり》が東京ローズだ。ゼロ・アワー放送では『孤児のアン』と名乗っていたはずだ。日系二世で米国籍。戦時にたまたま日本を訪問して国に帰れなくなり、それでゼロ・アワー放送に駆り出されたんだ。反逆者として逮捕され米国で裁判になっている。捜すまでのこともないよ」

中禅寺の返事もまた短い。

「他にも複数の女性アナウンサーがいるはずだって、依頼人であるジョン・ウィリアムスが云っています。声と訛《なま》りが違うからはっきりしているそうです。依頼人にとっての東京ローズはアイバ戸栗ではないらしい。しかも依頼人はローズは戦後、東京の華園小路という家に出入りをしていた形跡があるからそこから探ればいいのではと提案してくれました」

「孤児のアンに犬のジョンに華園小路か。元ＧＨＱなら資料に目を通せる機会があっただろうから余計に厄介だ。そもそも東京ローズ捜しに必死になった記者や兵士たちを止めて、情報を隠したのはＧＨＱだ。一般人が下手につついたら圧力がかかる。やめておけ」

「僕もそんなに前向きじゃあないんですが、これが珍しく——榎木津さんの号令がかかったんです。自分じゃやらないが僕に捜してやれと命じたんです」

「榎木津が？　いよいよ嫌な予感しかしないな。あれが出張ると碌《ろく》なことにならない」

　そうなんですよ、と益田も同意する。

「かといって碌なことになりそうもないから、榎木津さんがやってくださいよと返すわけにもいかない。僕は探偵助手ですから、探偵の云うことは絶対です。命令されたら返事はただひとつ『はい。はい』ですよ」

「ひとつじゃなく、ふたつ返事をしているけれど」

　関口が実にどうでもいいことを指摘した。

「はい。つまり、僕ァ、探偵の命令をふたつ返事で引き受けたんです。どっちにしたってこの人捜しは探偵向きじゃあないですよ。だってこの人捜しの鍵《かぎ》は——声です」

なにもかもを『視《み》』てしまう全能の榎木津であっても、人が『見』ていないものは『視』えないのだ。

声は、見えない。

音に纏《まつ》わる過去と現在と未来には、さすがの榎木津神も力が及ばない。

2

銀の糸が空にふわりと浮かび蜘蛛の子が青い空に釣られて飛んだ。

私はまばゆい日差しによろめいて歩いていた。春の日の午後である。ゆるゆると行きつ戻りつをくり返して気温を上げていく季節の変わり目にやられ、私の身体は悲鳴を上げていた。否——なにも季節のせいではないのだ。私の身体も精神も常に悲鳴を上げ続けている。私と云うのはそういう悲しい生き物なのだ。

部屋に閉じこもっているあいだに行き交う人の出《い》で立《た》ちは随分と薄着になっていた。私は鬱々《うつうつ》とすることに忙しく春が訪れたことにすら無頓着《むとんちゃく》でぶ厚い上着を着込んでいる。おかげでひどく汗をかいていた。

溶けてしまいそうだ。

内側まで緩んで溶けてしまいそうだ。

自然と背中を丸め込み一度だけ身震いをした。

日だまりに佇《たたず》むと身体の内側にあるものが日に炙《あぶ》られて滲《し》みだし、ぐずぐずと形を変えそうに思えて怖くなる。たいした内側などないというのに。

否——内側がないからこそ私は怖いのだ。

この恐怖はとても正当なものだ。

繭のようなものに庇護《ひご》されて微睡《まどろ》んで家に閉じこもっているあいだはいいのだ。けれど一歩外に出ると底知れない畏怖《いふ》のようなものが私の周囲にひしめいて圧迫してくる。内側に確たるもののない私の殻を押し破って私の内部に雪崩《なだ》れ込んでくる。

何気ない日常と人が思うものすべてが私には異界だ。

特にここのところ街角の何処もかしこもが精力的に過ぎて私にはまばゆ過ぎる。最近の人人ときたらどうだ。昔から続いてきた生活が膨らんで空気を溜《た》めすぎた風船のごとくぱあんと弾《はじ》け、人は皆、襤褸襤褸《ぼろぼろ》ではないか。

なのにただ、目だけは爛々《らんらん》と輝いている。

底の剝《は》がれた靴も汚れた襟足も煤《すす》けた顔もなにもかも——弾けている。

暗さや貧しさですら抱え込まずに弾けさせている。

破裂したように全身のあちこちをくたびれさせて、それでいて目だけは石炭のように黒い。

燐寸《マッチ》の火を近づけたらすぐに黒い目はぼうと灯《とも》されて輝きだすに違いないのだ。

怖ろしい。

怖ろしいではないか。


空洞の私の腹にはなんら発火するものもないのに、世間の人は意気揚々と燃えている。

私も何かを腹に詰めなくてはこのままではひしゃげてしまって外を出歩けぬ。心に決めて仕方なく私は水を飲む。茶を飲む。ごくごくと飲む。煙草を吹かし煙を飲む。むせる。飲む。

暗く淀《よど》んだ水がいつしか私の内側に溜《た》まってきている。せり上がってきた得も云われぬ汚水のせいで私の目は暗渠《あんきょ》の色に濁る。

鬱々とした幻と鬱々とした現実との境目を私はひとりで這《は》うように歩いていた。

悲鳴が聞こえた。

人が。

落ちた。

「大変！　人が落ちる！」

何故目の前の光景をそのまま実況するように悲鳴を迸《ほとばし》らせるのか。とにかく私は誰かの声に顔を上げ、見てしまったのだ。

落下する人の姿を。

その視界の端で――銀の糸に引き上げられるように蜘蛛の子が飛んでいるのが見えた。

高いビルヂングの上から人が飛び降り路面に身体が跳ねた。どうと音をさせて伏した人《ひと》形《がた》の手の先がびくびくと痙攣《けいれん》してすぐに静止した。道に染み込んだ血が黒々とした半円の形をゆっくりと広げていく。

私はおそらくそれを見たのだ。

輝いた目をしたまま誰かが落下しぐちゃりと音をさせてひしゃげて死んだ。

見たような気がする。しかし見なかったのかもしれない。

すべては春の日の幻想である。

私は私の正気を当てにはできず汚水で内側の空洞を満たし、そんな己に飽き飽きし異界を流離《さすら》い幻覚を見る。そう云う悲しい生き物だ。私は私の記憶を信用しない。なにもかもは消えていき、つかの間に見た夢として忘れたりふいに思い出したり——ただ私は——。

蜘蛛《くも》の糸がきらりと光った。

　　　　※

拝んでいる。

長門五十次《ながといそじ》が事件現場で手を合わせているのはいつものことだった。

長門は殺人現場に到着するとまず最初に被害者に黙禱《もくとう》するのだ。念仏を唱えるどこか高僧じみても見える長門の隣で、木場修太郎《きばしゅうたろう》が苛立《いらだ》ちにまかせてか、だんだんだんと三度、足踏みをした。

「またバラバラか？　しかもこいつはガキじゃねぇか。どうなってるんだ最近は」

鬼の木場修はぶ厚い胸板と武骨な顔には似合わない、きんと高いだみ声である。木場の相方である長門は、木場が苛々《いらいら》とあたりを睨《にら》みつけているあいだもまだ長く頭《こうべ》を垂れている。

鬼と仏だと、青木文蔵《あおきぶんぞう》は思う。目の前の鬼も仏もそれぞれに事件に向き合い、各々のやり方で被害者を悼んでいるのだった。

こけしのようだとたまに云われる童顔の眉間《みけん》にわずかにしわを刻み、青木も長門に倣い、腕の持ち主を念頭に置いて少しだけ祈った。

東京警視庁捜査一課。青木は以前は先輩の木場と組んで事件に取り組んでいた。が、とある事件での暴走の結果、木場も青木も処罰を受けて、木場の相方は長門に代わった。青木のいまの相方は木下圀治《きのしたくにはる》である。

「最近は死体を切断してぶちまけるのが流行《はや》ってるんですかね」

木下がうんざりとした顔で云う。

「流行《はやり》ものじゃあないでしょう」

青木が返す。

「当たり前《め》ぇだ。馬鹿。流行ってたまるかよ」

青木の当然の言葉を、木場がかきんと打った。木場のその真っ直ぐさは、青木のひとつの目標だった。たまに暴れるし口も悪い。顔は怖くて暴力団の組員に間違えられることが多い。そんな木場だが、鎧《よろい》のようなしっかりと硬い身体の奥底には、捻《ねじ》れずただひたすら真っ当な正義が赤々と燃えている。

刑事と云うのは「そういうもの」だと青木は信じている。

己の信じる正しさを全うし善良な市民を守るのが警察の仕事だ。

「鑑識の見解次第だ。まだ殺人と決まったわけじゃないですよ。修さん」

長門だけが木場を「修さん」と呼ぶ。鬼の木場修のお目付役だ。

念仏を唱え終えた長門がゆっくりと立ち上がり、わずかに顔をしかめた。神経痛かもしれない。現場で最年長の長門はここのところ膝《ひざ》の屈伸がつらそうだ。

「とは云ってもこの近辺で最近行方不明の子どもの届け出はありませんでしたし、それに人の腕ってのは事故ならこんなにスパッと切れませんよ。切り口がやけに綺麗《きれい》だ。こりゃあどう見ても刃物でばっさりやってのけた切り口じゃないですか」

木下が云う。長門は眉《まゆ》をひそめた表情のまま返した。

「野良犬は人が思うより遠くまで走り回るものですよ。私らが思っているよりまだずっと

——東京は広い」

鎮痛な面持ちで見下ろす足もとには——切断された人の腕が置いてある。肉付きや太さ、短さからおそらく子どものものと思われる。無残な噛《か》み傷《きず》が腕に穴を開けているが、それに関しては野良犬のものだ。

「はぁ。どっちにしろ何処かに埋められてたんですかねぇ。犬が咥《くわ》えて来なけりゃあ見つからなかったかもしれないですね。だとしたら野良犬はいい仕事したのかな」

「おいコラ。馬鹿なこと云うんじゃねぇよ。地面掘り起こして人の腕咥えて走り回る野良犬を誉めるってのはどういう了見だ」

木場の一喝に木下がひょこりと首をすくめた。困惑とへつらいが入り交じった曖昧《あいまい》な引きつり笑いで、じりじりと木場から後ずさった。

通報があったのは三時間以上前らしい。「野良犬が人の腕のようなものを口に咥えて走り回っている」という通報に最初は所轄の交番の警官が対応した。が、犬は追いかける警官に向かって獰猛《どうもう》に唸《うな》り、怯《ひる》んだ警官の隙をついて素早く逃げた。そこからしばらく犬を追いかけての悪戦苦闘が続き、どうしたものか最終的に木場に応援の要請が来た。

木場もおそらく面くらいはしたのだろうが「人の腕かもしれない」と云われてしまっては確認に来ざるを得なかった。

そうして——木場は血走った目をして口の端から泡を吹いた野良犬と睨み合いの末、勝ったのである。「おいコラ、犬公！　てめェその口に咥えてるもん放しやがれ。放さねぇんなら本気でいくぞ」と怒鳴りつけ、空き地にあった棒きれを拾い上げてのしのしと挑みかかった木場を見て犬は脅えて「きゃん」と吠《ほ》えた。

吠えた拍子に腕が口から放れた。

飢えた野良犬が口から獲物を取り落とすほど、木場の恫喝《どうかつ》は鬼気迫るものがあったようだ。連絡を受けたときに同室にいて、なしくずしで木場と共に向かった青木と木下はふたりで顔を見合わせた。

尻尾《しっぽ》を後ろ足のあいだに挟んで耳を伏せた野良犬は捕獲する間も与えず走って逃げていった。野良犬の迫力負けである。

犬の後をそれでも警官たちが走って追っていった。殺人事件ならば現場を保持するのだがこの腕は何処から来たものか定かではない。犬を捕まえたとしても相手は犬なので尋問もできない。

土汚れのついた腕の先で手のひらが開いている。

芽吹いたばかりの緑の雑草の狭間《はざま》に置かれている。

見詰める男たちの視線を受け止める手のひらは小さい。

青木は無言で長門か木場かどちらかの次のひと言を待っている。下手なことを云って叱られるのを避けているわけではなく、青木はいま語るべき言葉を思いつかない。それでも自分にできることを脳内でゆっくりと組み立てていく。

「戻ったら都内全域の行方不明の子どもの名簿をさらいましょうか」

声に出す。木下が「そうだな」と云う。

地道に、自分にできることをできるようにする。積み木のように順繰りにひとつひとつの調査事実を積み上げていく。青木は己の正義を全うする方法を他に知らない。木場のように破天荒に身体でぶち当たっていくにも、長門のようにじっくりと観察し注意深く拾い上げるにも、経験と気迫が足りない。熱だけはある。むしろ青木にはまだ青臭い熱しかないのであった。

四人でまとめて動くこともないと、互いに別行動になった。腕は鑑識にまかせ、木場と長門は野良犬を見つけて通報した男の聞き込みに、青木と木下は所轄の交番に該当する行方不明の子どもがいないかをあらためて聞きに行く。

「皆さんが来てくださって助かりました。僕は犬は苦手なのです」

交番の警官は青木と同じでまだ若く頬のあたりが丸い。青木たちをしゃちほこばって迎え入れてからそう弁明した。

狭い交番の壁際に小さな机と椅子がある。書類を書いたり、訪れた人人を座らせたりするための椅子だ。そこに少女がひとりちんまりと座っている。

ぱつんと切り揃えられた前髪が人形のような、十歳前後の少女である。日本人形の容姿で、西洋風の女中服の上下揃いに白い前掛けをつけている。真っ黒な棗椰子《なつめやし》みたいな目がじいっと壁の一点を凝視している。

少女の前の机の上には、まるでお供えでもするように握り飯が載った皿が置いてある。黄色い沢庵《たくあん》と三角の握り飯。その横に湯飲み。

不思議なものを見ている気がした。

生気というもののない子どもは、なんだか怖ろしかった。

警官は少女についてなにも云わない。入ってすぐにぎょっとしたものの聞きそびれたまま青木は警官の言葉に苦笑して応じた。

「いや、結局、木場さんの活躍でしたから僕たちもなにもしてないんですよ」

木場がこの場にいたら「苦手だからって捕まえもしねぇで戻ってくんのか、おい。てめぇそれでも警官か」とどやしつけるかもしれない。青木たちがこちらに回って良かった。

「本当ですよ。鬼の木場修の名は伊達《だて》じゃなかった。野良犬が気合い負けで尻尾巻いて逃げたっていうんだから、あれは名勝負だった」

木下も、木場がいないからのびのびと愉快そうに返している。狸めいた愛嬌《あいきょう》のある顔だちの木下は、人が良すぎて若干日和見《ひよりみ》過ぎなきらいがある。上司がいるとその意向を汲《く》み取ることに留意するため、こんな軽口は木場の前では叩《たた》かない。

「圀さん。名勝負っていうより迷うほうの迷勝負だ。僕たちがさんざん犬に振り回されて、肉切れ持って『こっちだ、こっちに来い』って地面を這《は》って呼んでる端で、木場さんが棒を手に構えて、ね」

木下がそのときの木場の真似をして手を高く差し上げて振りかぶって見せた。

「こうやって、こうして、な？」

「おいコラって、なあ」

「木場さんに叫ばれて犬がきゃんと吠えて」

互いに顔を見合わせて小さく笑う。

まあ慥《たし》かに――あれは凄《すご》い勝負ではあった。しばらく思いだしそうだ。

笑いながら青木は思う。子どものバラバラ死体が出た。見つけて捜査をはじめる。だと云うのに自分は笑うことができる。正しい町の警察官として働いていこうと思って日々を過ごし、陰惨な事件が日常を浸蝕《しんしょく》することに自分はどうやら慣れていっている。犯人を見つけたい気持ちと、なにかしらの出来事をおもしろがって笑うのは別なのだ。

青木は頭でっかちならぬ「心でっかち」な真っ当な青年だったから「それとこれとは別なのだ」と頭で理解して自分に笑うことを許すまで、微妙につらかった記憶がある。

「そりゃあちょっと見たかったであります」

警官も笑った。くしゃりと顔が歪《ゆが》んだ。

「ところで今回のこれが事件性のあるものかどうかを調べている。この近所で、行方不明の子どもはいないと聞いているが、その後で届け出はないかい？」

　木下が云う。

「ああ……ええと。変わりないであります。僕が聞いている範囲ではこの付近で行方不明になった子どもはいないのであります」

　警官はちらりと後ろを見た。座ったきりの少女の小さな顔がゆっくりとこちらを向いた。

「あの子は？」

　やっとそれを聞けた。

「迷子……のような気がするのであります」

　戸惑ったようにして警官が云う。

　青木たちが捜しているのは「死んでしまった」かもしくは「腕をひとつなくした」子どもだ。切り取られた腕の主。少女は両手を膝の上にきちんと載せて青木を見て首をゆっくりと傾げた。

「迷子か。いい服を着ている」

　木下が少女の衣服を吟味するようにして告げた。

「この子の親は行方不明の捜し人として交番に駆け込んではいないのかい？」

「はあ。家出人や捜し人の届け出は出ていません。それにこの子は、この近所では見たことがないのであります。いままでに見かけていたら僕だって記憶しているであります。その……こういう子でしたら」

目を惹《ひ》く少女ではあった。日本人形の外見に西洋の服と云う不均衡さが独特の妖《あや》しい美しさを醸しだしている。未成熟さも絵になった。

絵になりすぎているのが青木の気持ちをざわざわさせるのだった。

だが――。

「服は着替えられるよ」

つぶやきながら青木は少女の靴を見る。よく見ると土汚れがついていてつま先が白茶けている。ずいぶん長い距離を歩いてきたかのような足もとだ。

生気のない真っ黒な釦《ボタン》のような目から視線を下げて少女の服や靴を観察すると、青木を不安にさせていた要素がゆっくりと剝《は》がれ落ちていった。人形ではなく生きている。

側に近づく。少女に威圧感を与えたくなくて目の前に座り込む。少女の靴底は存外、すり減っている。普段からよく歩いているのだろうか。ゆっくりと視線を上げていく。手足も日に焼けている。鼻先に薄い雀斑《そばかす》が散らばっている。

頰に涙の跡が白くついている。

人形ではなく人間だ。

服装が額縁になって少女の形を作っている。まがい物の美を固定している。

　額縁代わりの服を普通のものにして近所を駆け回っているところを想像してみる。おそらくそうすると少女の容姿は年相応のそれになり、当たり前の健康的な近所の子どもに変《へん》貌《ぼう》し、人の記憶に残るものではなくなるだろう。

「あの……実はその子が迷子かどうかも僕にはわからないのであります。犬を見失って本部に応援を依頼してから交番に戻りましたらこの子がここにいました。僕を見た途端、泣きだしたのです。落ち着いてもらおうと椅子に座らせたはいいんですが……泣きやんだのがついさっきでして。そのあとはなにもしゃべらないのであります」

　それで「迷子だ」とは断言しなかったのか。

「正直、どうしたらいいのか困っておりました。僕は子どもは苦手なのであります。泣きやんでもらうために握り飯とお茶をそこに置きましてそっと様子を窺《うかが》っておりました」

「おいおい。苦手なものばかりじゃないか」

　木下が呆《あき》れたようにして云った。犬に続いて子どもも苦手な警官は「はぁ」と困り顔で笑って頭を掻《か》いた。

　握り飯にも湯飲みにも口をつけていないらしい。この様子なら警官は泣きじゃくる少女を座らせて、お供えをして、遠巻きに見ていただけかもしれない。青木は上着の懐から手《ハン》巾《カチ》を取りだし少女へと渡す。

「これで顔を拭《ふ》くといい。怪我はしていないね？　お腹が空《す》いているようなら、握り飯をいただくといい」

警官は安堵《あんど》を滲《にじ》ませて、青木の後ろに立って続けて云った。

「お嬢さん。この人たちはえらい人たちだよ。僕だけならわからなかったが、この人たちならきっとどうにかしてくれると思う」

「……おいおい。俺たちまかせか」

木下の声がした。

少女の手がのびて青木の上着の腕のあたりを握りしめた。爪の先がぎゅっと白くなる。

「……て」

ささやきが少女の唇から転がり落ちた。

もっとよく聞こうと身体を傾けた青木の顔をじっと見詰め少女が云った。

目だけが黒々と濡《ぬ》れて光っている。

「助けてください」

少女の眸《ひとみ》に大きな涙の滴が溢《あふ》れだす。

渋谷《しぶや》から神保町まで少女を連れていったのは青木の意志だ。少女は泣きじゃくってそれ以上のことは話せずじまいで、その手は青木の上着の腕を摑《つか》んだままだった。

青木は、子どもの口を滑らかにするほど子ども慣れはしていない。少女はおそらく交番の警官は頼れそうもないと思ったのだろう。その代わりにたまたま立ち寄った大人で「えらい人」と示されたのが青木たちだったから「助けて」と云ったのだろう。それ以外のことは不明なまま、青木は榎木津の探偵事務所に少女を連れてきていた。

木下に本署への詳細の報告をまかせて別行動である。

「この子の話がどうにも不明瞭《ふめいりょう》なんですよ。それで僕は、榎木津さんならなにか教えてくれるかなんて猿知恵を思いつきましてね」

榎木津の能力を当てにする。木場に知られたら怒られそうな行動である。普段の青木なら「まず最初の一手」に選択はしない策だ。

ただ――榎木津は子どもには甘い傾向があるように思える。そんな話を最近、薔薇十字探偵社で探偵助手をしている益田から聞いたのである。益田とはついこのあいだとある事件の捜査の途中、中禅寺家で知り合った。事件解決のあとなんとなくで会話を交わした。互いに「掟破《おきて》りな上司」を持ち、奇妙な事件に関わった仲である。まして益田は元刑事だ。話してみれば共通の話題は思いの外多く、二回ほど、ふたりで酒を飲む夜があった。

「本署に連れていって話を聞くにしても、これじゃあどうにもなりそうもない。交番に置いていくのもどうにもしのびない状況でした。保護をして、身元がはっきりするまでは誰かがどうにかするんでしょうが」

妻子持ちの誰かの家に連れていき寝泊まりをさせるか、あるいはなんらかの施設で面倒を見てもらうことになるのか。青木たちが少女の世話をするのは無理だし、少女が話してくれないことにはなんのとっかかりもない。

青木が見過ごせなかったのは、少女が青木を摑んだ指先の必死さだった。事件性があるのなら「いますぐに」捜査をはじめる必要がある。道々、青木は少女に話を聞こうとしたのだが、口を開きかけては青ざめて口をつぐむのくり返しだった。ただ小さな指が青木の上着の袖《そで》をぎゅうっと摑んでいるのだった。

榎木津はどうでもよさげな顔をして青木の話を聞いている。

榎木津の長い足と『探偵』と書かれた三角錐《さんかくすい》が、机の上に載っている。

「知ってる顔ばっかり並べてどういうことだ！」

開口一番がその台詞《せりふ》だった。

「はぁ。すみません」

青木はしようがなく謝罪した。云われた通りに探偵事務所には榎木津と探偵助手の益田だけではなく、関口がいた。知った顔ばかりである。

益田は青木の話を聞いてすぐに少女を応接用の長椅子に座らせた。上着を摑まれたままだから青木も隣に座ることになる。寅吉がいそいそと紅茶を人数分淹《い》れて机に置いた。

「こけしバカめ。猿は知恵なんか思いつかない。猿は猿オロカ。君はこけしオロカだ」

榎木津は青木のことを「こけし」と云う。猿とはどの猿ですかと聞くのはおそらく野暮なのだ。榎木津がここで云う猿は、間違いなく小説家の関口巽のことである。

まったく関係ないところで引き合いに出されて「知恵なんて思いつかない」だの「オロカ」だのと断言されてしまうのだから切ない話だ。

関口は「ううう」と謎のうめきを漏らして情けない顔で脇の一人掛け椅子に座っている。その斜め後ろの探偵の席で、榎木津が、不機嫌に告げた。

「猿は怖がって僕のところに来たのだ。なんで僕がこんな猿の面倒を見たり、こけしの相手をしたりしなくちゃならないのだ」

関口は背中を丸めている。

「関口さんはどうやら出版社に仕事の相談をしにいこうと思いたって電車に乗った結果、うちの探偵事務所に来てしまったらしいんですよ」

関口の対面の一人掛けの椅子に腰かけた益田が説明してくれる。

「なんでですか?」

青木は首を傾げる。意味不明だ。

「人は空を飛べないから落ちたら死ぬ。それがどうした? しかも猿はなにもかもを忘れるのだ。たまに出かけると人死にに遭うどうしようもない陰気な生き物だ。もう猿は猿であることをやめて生き物を引退しろ。陰気な置物になって古本屋の店先で転がっていればいい。猿の置物！」

榎木津は机から足を下ろした。紅茶茶碗《ぢゃわん》の皿に置かれた角砂糖をひとつつまんで「えいっ」と関口に向かって投げつける。関口が悲鳴を上げ身を縮めたが、角砂糖は関口の胸のあたりに勢いよく当たり、はね返ってぽろりと膝《ひざ》に落ちる。涙目になった関口に、

「もったいないから食べる！　持ってこい！」

と榎木津が決然と命じた。関口は真っ赤な顔になって汗をだらだら流しながら角砂糖を摘《つま》んで、素直に榎木津のところに持っていった。榎木津はふんぞり返って受け取って紅茶茶碗のなかに入れた。

「……互いの言い分を総合的に判断すると、関口さんはどうやら前に出版社に用事があって出かけたときにビルからの飛び降りに遭遇してしまったようで。まぁ、なのに衝撃と不安でその光景を忘れた、と。都合よく記憶から消去しつたもりだけど恐怖は残っていて、また出版社にいこうとしたときに道の途中で思いだしてしまいそうになって怖くなって――気づいたらここに来た、と。探偵は関口さんの記憶から飛び降りの光景を視《み》てしまって、そういういきさつを推察してどうしてか怒っている……というようなことなんじゃないかと」

「よくわかるね。益田君」

青木はしみじみと感心する。榎木津と関口のふたりの語りを総合的に判断できるなんて

ただ者ではない。

「途中経過も少しだけ知っているせいですかねぇ。関口さんは人が飛び降りる小説を書いていたらしいんで、ああそういうことかなあと。忘れようとしても無意識に書いてしまうんでしょうねぇ。作家ってやつですねぇ。さすがだ。炭坑の金糸雀《カナリア》は時代の空気を察知して小説を書くわけですから」

目をすがめて「けけけ」と笑って前髪をふっと吹いた。

益田の言葉を聞いて、関口が一層小さく背中を丸め耳のあたりまで赤くなった。

「なにがさすがなものか！　こいつは猿なのだ猿！」

榎木津が益田を叱りつけるが益田はきゅっと首をすくめて見せただけだった。短期間で榎木津に叱られ慣れてしまっている。

「比較して、記憶の残像より榎木津さんのほうが怖くないと思って事務所に足を向けた関口さんはたいしたものかなと思いますけどねぇ。うちの探偵はこんなに怖いのに……あっ」

「僕ほど優しい神はいない！　だがオロカや猿に与える慈悲など欠片《かけら》もない！　僕は誰も救わない！　悪いやつをこらしめるだけだ!!」

榎木津が二個目の角砂糖を益田に向かって投げつける。益田は手で受け止めて榎木津に命じられるより早く砂糖を口に放り込んだ。

「はいっ。もったいないので、ありがたくいただきます！」

「うん」

榎木津がうなずいた。益田が頬を膨らませて角砂糖をかじっている。

青木は珍妙な光景に目を泳がせる。寅吉は盆を胸元に抱えて立っている。

「寅吉さんはこうなるのがわかってて角砂糖を榎木津さんの皿に置くんだからなぁ」

益田が恨みがましい顔つきで云った。

「もっと痛いものを投げつけられるよりマシと云うものですよ。それにちゃんと食べられるように床に落とさないで加減して投げてくださってますよぅ。うちの先生は食べ物を粗末にはしないんだ」

「うん。そのとぉり！」

榎木津は先ほど同様無邪気とも云える仕草でうなずいた。

それからゆっくりと顔を巡らせる。硝子玉《ガラス》みたいな榎木津の眸が少女の頭の斜め上あたりで止まる。かくんと顎《あご》がだらしなく伸び遠くを見つめる表情になる。

「薔薇《ばら》。赤いのと白いのと。目出度《めでた》いくらいに紅白だ。薔薇ばっかりだなぁ。薔薇屋敷。スウプを飲んで……あ……うん。それはもう死んでる。鞄《かばん》に詰めた……ああ、それは。男かなぁ、女かなぁ。まあどっちでもいいや。どうでもいいや。行ったり来たりしてきみは、そうか。伝書鳩だ。なんだかやけに光っているなぁ。……ん？　見たんだね。きみは」

どこか遠くに魂だけで歩いていっているような不思議な声音になって独白を撒《ま》き散らし、言葉が途切れる。榎木津はいつも「こう」だ。勝手に人の記憶を「視《み》」て、なにもかもをひとりで受け止めて納得し飲み込んでしまう。独自の倫理と唯一の正義ですべてを受信し、罪人を見極める。

榎木津のまなざしが少女の顔を見据えた。

「鳩だね。鳩娘！　鳩なきみは戻らないほうがいい。戻ったら死ぬかもしれない。忠告はするよ。きみは別に悪くはないからな！」

威張った態度でそう告げ、細かな説明はしない。

少女は榎木津の顔を食い入るように見つめている。少女の顔は青ざめて唇がかすかに震えていた。

連れて来たのは逆効果だったかと青木は思う。本人の意志はおかまいなしで記憶を覗《のぞ》く探偵の慧眼《けいがん》は、当人が直視したくないことですら暴き立てる。探偵は云われた相手がどう思うかなど頓着《とんちゃく》せずに「視」えるまま語る。少女が怖がって逃げてきた過去の出来事を見知らぬ男からいきなり伝えられて、少女の恐怖は増幅したかもしれない。

自分はどうにも子どもの相手は苦手なようだと青木は思う。それでいてどうしてかたまにこうして子どもに懐かれる。

「すみません。榎木津さん。薔薇屋敷ってなんですか？　あと鞄とか、死んでるとか」

まるで人の気持ちのわからぬ異界の神の神託だ。通訳が必要だ。青木がおそるおそる尋ねる。

「薔薇は薔薇だ。なんださっきからみんなバラバラうるさいなぁ。マスオロカもバラバラで、こけしもバラバラで、鳩娘も薔薇じゃないか。流行《はや》っているのか。薔薇は。このあいだ本屋も薔薇がどうとか云う客と話していたぞ。なんだか薔薇ばっかりだ。赤に白。薔薇屋敷だ。死んでるんだから仕方ないじゃないか。死んだものに興味はない。死人はこれっぽっちもおもしろくないからな！　僕は猿の置物と違って死人も死も怖くはない。ただ死人は退屈だ。……こけし！」

「はいっ？」

突然呼ばれ、青木はいささか抜けた声で返事をした。

榎木津が引き出しを開けてなかから取りだしたものを青木に投げつける。青木は「おっ、わ」と声を上げ空中で咄嗟《とっさ》にそれを受け止める。痛くはない。硬くて小さなものだ。握りしめた拳《こぶし》を開くと、なかにあるのは飴玉《あめだま》だ。

少し考えてから、榎木津に「食べろ」と命じられるより先に傍らの少女の手のなかにそれを押し込んだ。表情を強《こわ》ばらせた少女は飴玉を見下ろし唇を薄く開く。

「……うん。食べなさい」

榎木津の言葉は少しだけ柔らかく、優しい。なによりとても快活に断言するから、命じられるがままに従いたくなる声なのだった。少女はのろのろと飴玉を指で摘み、口に入れた。

「マスオロカ！」

「はぁ」

「すべて探偵助手の仕事だ。こけしのその……なんだ？　手が落ちてるやつ。あ」

あはは……と榎木津は青木の頭の斜め上を見て笑いだす。

「四角男に負けるとは犬の風上にも置けない犬だ。弱いなぁ。犬め。その手、それ。バラバラのそれと、きみ。鳩娘さん。オロカがこけしを手伝い、こけしはオロカを手伝う。そうするといい。ついでに関もつけてやる。こいつは置物だからひとりでうちに帰れないんだ」

「……か、帰れないわけではないよ」

関口がぶつぶつと云い返した。

榎木津の綺麗《きれい》な双眸《そうぼう》はずっと氷室で保たれていたがごとくきらりと冷たい。背中を丸める関口を一瞥《いちべつ》して告げる。

「じゃあ帰れ！　ちゃんと電車に乗って道を歩いて生き物らしく帰って雪《ゆき》ちゃんに『ただいま』と云うのだ」

「雪絵《ゆきえ》は働きに出ているからうちにはいないよ」

「ならば先に帰って『おかえり』と云うのだ！　そんなことも指図されないとできないのか。置物なら置物らしくずっと家にいるといい」

「お、置物でもないよ。少なくとも僕はここに……こう……ひとりで来たんだから。ひとりで帰れるさ。そうじゃなくて僕はただ益田君の話が気になっていろいろと聞いていただけだ。そうしたら次に青木君も来て、これもまた興味深い話だからついつい帰りそびれて」

「ふぅん」

右から左に関口の弁明を聞き捨てて、榎木津はつまらなそうな顔をした。一方、関口は榎木津の言葉のどこかの部分に発奮したのか、突然、口を動かしだした。だいたいおどおどして過ごしているがたまにそれまでの分を取り戻すがごとくやたらに饒舌《じようぜつ》になるのが関口だった。

「思いもよらぬ長居になったのは慥《たし》かだけれど、別にきみも忙しいわけじゃないんだからいいじゃないか。──ええと、だから、青木君。きみたちが来るまで僕らは益田君の新しい調査の話を聞いていたんだ。東京ローズを捜すという ね。東京ローズって云うのは戦時に短波ラジオで放送していた番組のアナウンサーで」

「はい。ぼんやりと聞いたことがあります」

青木は横目で飴玉を舐《な》める少女を気にしながら、関口の話にうなずいた。

「それで、ローズってのは薔薇だろう？」

「薔薇ですね」

益田が軽く同意した。

「だから榎さんがバラバラうるさいって云ったんだ。ずっと薔薇の話をしていたから」

「はぁ」

「そもそも薔薇に関しては二ヶ月くらい前だったかなあ。京極堂のところに榎さんが紙相撲をしにいったのに京極堂が客のところにいって留守だった恨みがあるんだ」

「紙相撲？　榎木津さんが中禅寺さんと？　どうしてそんな」

「どうしてだったかな。なんの話か、相撲はそもそも神事なのがどうこうという話を京極堂がしたのが発端だ。榎さんが相撲を取るのは好きだし強いぞと僕を投げ飛ばそうとしたら『うちでやらずに外でやりなさい』ってふたりで怒られて追い出されて……。その流れで榎さんが紙相撲ならいいだろうと京極堂のところに持ち込んで」

「あれはつまらなかったぞ!!　紙相撲!!」

「うん。トントンの指がね。榎さんは力が強すぎて力士の紙が転ぶ。最終的に榎さんは僕の額に紙の力士を貼りつけて僕ごと投げ飛ばそうとするから僕は慌てて逃げたんだった。……という話じゃなくて。とにかく最初に京極堂相手に紙相撲をしようとしたときの留守は、『薔薇に取り憑《つ》かれた』とかいう憑物《つきもの》落としの客を訪問していたせいだったらしいから榎さんは薔薇に逆恨みだ」

「薔薇に逆恨み……」

妙な話だがこと榎木津ならばどんな妙な事態になっていても納得できる。

「それで最近になって東京ローズ捜しだ。これがおもしろいことに益田君の受けた依頼は、榎さんには解決できない事件なんだ。ここの探偵事務所としてはかなりの難事件だと思う。ちゃんと見つけられたら益田君はたいしたものだ。榎さんをある部分で超えるということだからね」

「榎木津さんに解決できないことなんてあるんですか？」

榎木津はいつも不思議と辻褄《つじつま》は合わないようでいて、必ず犯人を云い当てる。

「あるんだよ！　あったのさ！」

声を大きくした関口の背が少しだけのびた。

「仕方ないよ。榎さんにだって弱点はあるさ。声だもの。だから益田君にまかせたんだな。益田君は華園小路というのが偽名で実は八原院《やはらいん》葉子《ようこ》がその女性の本名だと云うところまでは突き止めたんだ。たいしたものだ。それで……」

関口の対面に座っている益田の頬が引き攣《つ》った。

「いやいや。うちの探偵に無茶はあっても無理なんてことはない。そうですよねぇ、寅吉さん？」

「はい。うちの先生はやろうと思えばなんでも解決するお方です」

「もちろん有能さ。僕だって知っているとも。滅茶苦茶《めちゃくちゃ》にはするが解決はしている。それでも向き不向きはあるんだよ。誰にだって不可能なことのひとつやふたつはあるんだ。それに気づくことができて、僕は、この東京ローズの調査の行く末に好奇心が湧いてね。それで」

「関口さん。お送りしましょう。僕《ぼか》ァいきなりご自宅まで関口さんを送っていきたくなりました。むらむらとそんな気が湧いてきましたよ」

益田がわずかに腰を浮かす。益田の視線は関口ではなく、真っ直ぐに榎木津の方向を向いている。青木も探偵の席へと視線を移す。

榎木津はひと目でわかるくらい機嫌を損なった顔をしている。上品な唇がへの字に曲がっている。

「きみの心配は嬉《うれ》しいけれど別に益田君に送ってもらわなくったって大丈夫だ。それよりきみたちの話をもう少し聞かせてくれよ。進まない筆の起爆剤となるやもしれない。東京ローズが出入りしていたという噂の家とそこに集う軍人たちと消えた宝石の話を。戦時に軍に集められた宝石が八原院家経由で消えた謎と云うのがあるところまでを、益田君は嗅《か》ぎつけたんだ。東京ローズからはじまって大がかりな事件の話になっている。聞いているぶんにはおもしろいよ」

関口だけが能天気に常よりわずかに声を高くして話を続けている。

「いやいやいや。たいしておもしろくないでしょう」

「そんなことはないよ。軍と宝石と云うといろいろな噂があるからね。日本で集めたダイヤを魔法瓶に詰めて米国に持ち帰った軍人の話なんていうのもある。あれはそういえばどうなったのかなぁ。真実だったのか単なる噂だったのかなぁ。軍だのダイヤだのと大がかりだしどうでもいいし関係ないなと忘れてしまった。でも身近となると少し気になる。こんなおもしろい事件を益田君が解決したらすごいことだと思わないかい？　快挙だよ」

「僕ァ関口さんをお送りしたいです。お送りしたいなぁ」

益田が云い、関口が「だから心配しないでくれ給え」と首を振った。

「誰が心配した!?」

榎木津の声が関口の言葉の続きを叩《たた》き切った。唐突に落ちた雷みたいな声に、関口が「ひっ」とつぶやいて首を肩に埋め込み小さくすくめた。

「置物どころかもう猿は履物だ。猿をつっかけにして足に履いて歩く！　決めた。猿は僕に履かれて歩け」

関口は目を瞬《しばたた》かせた。益田が手を額に当ててうつむいた。

「僕は神で探偵だ。僕は無駄は嫌いだ。しかし僕に無理などないぞ。人捜しは退屈だから探偵の仕事ではないし薔薇《ばら》にもまったく興味はないが、僕がやらねばどうせなにひとつ解決しない！　このままでは誰も河童《かっぱ》さんを助けられそうもない。いいか、猿！　河童さんは宝石とか軍とかそんな話はしていない。河童さんは『東京ローズを助けてくれ』と云っているんだ」

「え……捜してくれじゃなく、助けてくれなんですか？」

益田がぽかんと聞いた。

「捜してと助けては今回は同じだ。古本屋のところに聞きにいったと云っていたのに、なにを聞いてきたんだ？　このマスオタンコナスザル男！」

「……河童さん……じゃなく、ジョンさんが東京ローズを捜すことが、東京ローズを助けることにつながるってわけですか？」

確認するように益田が重ね「そうとも」と榎木津が断言する。

「いや、だけど東京ローズ捜しは榎さんには向いてない。唯一、榎さんに向いていない事件じゃないか。捜そうとするのは無謀だよ。ここは益田君に任せるべきだ」

関口が弱々しい声でしかしはっきりとそう告げた。益田の頬のあたりが引き攣っている。

青木ですら関口こそが無謀なことを云っているのがわかる。どう考えても関口は榎木津を煽《あお》っている。榎木津の内面を焚《た》きつけてしまった己の言動に自覚がありそうで、ないのが関口巽であった。

「無謀で無茶苦茶で目茶苦茶に河童さんを助けるのは探偵助手の役目だ。この河童はいさま屋ではないぞ。だから河童さんと、さん、をつけている。なのにもう二日も経っているのにまだ八原だ薔薇だで先に進んでないではないか。河童さんはいい河童のようだったから助けてあげなさいと助手に云った。僕は正しい者の味方だからな！」

「無謀も無茶苦茶も目茶苦茶も榎木津さんの専売特許で、僕のやり方じゃあないですからねぇ。足を棒にして行ったり来たりして華園小路が八原院葉子であることを探り、八原院葉子のサロンに終戦当時出入りしていたという人を捜しては聞いてまわっておりまして。ですがこれが手強《てごわ》い。八原院葉子ってのは『もく星号』の墜落事故の犠牲者で、もう亡くなっていたんですよ。で、捜査に横やりを入れてあやふやにしたのが当時のGHQと米軍で——僕向きかって云うと、たいして僕向きじゃない大きな事件の匂いがぷんぷんしてきましてね」

へらへらと益田が云う。すっかり椅子から立ち上がり、じりじりと壁際へと後ずさっている。

もく星号墜落事故とは昭和二十七年の春に伊豆《いず》大島《おおしま》に旅客機が墜落した航空事故のことである。

「さっきから似たようなことをぐるぐると。それはこけしが来る前にも聞いた。そしてどうでもいいことだ！　誰かがダイヤを奪ったとか飛行機が落ちたとか陰謀だとかそれは河童さんの依頼とはまったく関係ないじゃないか！　いいか。猿！　僕にできないことなどなにひとつない。僕はマスオロカを助手にしてあっという間に河童さんの薔薇を見つけてなにもかもをバラバラにしてやる。バラバラで目茶苦茶にするのなら楽しそうだぞ。そうだ。今回は特別に僕が仕切るぞ。みんな薔薇だバラバラだとそれが望みのようだからな。よぉし、いまさっき食べさせた角砂糖の恩を忘れずに猿の履物とマスオロカとこけしも来るのだ」

「え、僕も？」

青木は「僕は食べてないです」と小声でつけ足した。

「食べてなくてもこけしはもともと僕の家来だ」

榎木津がばね仕掛けのような弾んだ動きで椅子から立ち上がって、

「さあ、練り歩くぞ！　全部バラバラで目茶苦茶にしてやる！　河童さんも大喜びだ！」

高らかに宣言した。

益田ががくりと肩を落として嘆息していた。

3

「私は、蜘蛛《くも》になりたい」

母の言葉が言葉として意味を成したのはかなり時間を経てからでした。

「I'd like to be a spider」

そういえば昔の私は、それが言語だということに気づかず、ずっと母はなんの意味もないただの音を発しているのだと思い込んでおりました。

他の大人の言葉と違う音の響きでしたので。

それに鈴の音のようによく響く聞いていて心地好《よ》い声でしたから、意味などなくても私には良かったのです。

それでもある日、母の唇から零《こぼ》れる音がなんらかの言語であると気づき、以来、私は熱心な母の生徒となったのです。

母のおかげで私は英語という言語にとても堪能になりました。

母は頑《かたく》なに日本語を使おうとしませんでした。私は母から英語を学ぶかわりに母に日本語を伝えようとしたのですが、一切習おうともしなかった。どうしてでしょうね。必要がないからと母はずっと英語を話しておりました。本当にどうしてでしょうね。

生徒としてそこで過ごしているうちに、母の軽やかな鈴の声はいつしか低い潮騒《しおさい》の音色へと変じておりました。時を重ねると人の声も変わっていくものです。加齢は人の声を低く変えていくのです。でも母の容姿だけはずっと若々しいままでした。

学ぶというのはとても楽しいことでありました。母は私に教えようとしていたわけではなかったのですが、私は勝手に学んでいきました。

そういえば、赤子のときの記憶は私のなかから抜け落ちています。いきなり幼児の身体で生まれてきたはずはないのですから、誰かが私をそこまで育ててくれていたはずですが、そんなことはどうでもいいのです。

物心ついたときには私は屋敷で暮らし、母に食事を運び、髪を梳《す》き、母と部屋を清潔に保つよう心がけておりました。私は母の子どもであり崇拝者であり召使いでした。

他にやることがなかったので。

私の世界もまた母同様にとても閉じたものでした。

戦争のあの時期、私は屋敷の外に出ることを許されませんでした。

屋敷は山の縁《へり》にありました。へばりつくようにして建つ屋敷の庭は外からは覗《のぞ》けないようになっておりました。閉ざされた庭に薔薇が咲いておりました。花の盛りに私は薔薇を切って母のもとに運びました。ときには頼まれて、裏の山で採れる茸《きのこ》や山菜なども母のもとへと持っていったものです。

ええ。私は母にとても仕えていたのです。

母が過ごしていたのは暗い部屋でした。煤《すす》けて真っ黒な太い梁《はり》から、つ、と蜘蛛が糸を垂らしてするすると伝い下りる様を見て母が何度も云いました。

「I'd like to be a spider」

私は母の言葉を訳します。

「私は、蜘蛛になりたい」

「私は蜘蛛になりたい」

こだまのようにその言葉がはね返ります。

母の英語と私の日本語が何度も何度もくり返され輪唱のようでした。地下の薄暗いその部屋は入り口に鉄格子がついていて、かつて、母は外に出ることはできませんでした。蜘蛛と私たちしかその部屋を訪れるものがおりませんでした。行き来できるのも蜘蛛と私たちだけでした。私がもう少し育ってからでしたら母を逃がすこともできたのかもしれませんが、その頃の私には方法が思いつきませんでした。

それに母は私が育つのと合わせるようにどんどん身体を萎《な》えさせて弱々しくなっていきましたので。

真っ暗な地下での暮らしがそうさせたのでしょうか。よく転ぶようになり、手が震えるようになりました。手足が枯れ木のように萎《しな》びて細り、呂律《ろれつ》も回らなくなりました。

後年は、私たち以外の誰にもその言葉が伝わらなくなりました。綺麗《きれい》だった透き通る声すらもぼんやりと暗く沈み鉛色の音色に変わりました。


それにいま思えば母は逃げようとは思っていなかったようです。

蜘蛛になりたいという願いは外に出たいという意味ではなかったように思うのです。


父が訪れると私は上へ行くように命じられます。父母は私がぐすぐずと立ち去るのを待たずに引き合うようにぴたりと寄り添うのです。父の手が母の白い肌に触れます。父は吐息を零《こぼ》し母はその唇を唇でふさぎます。

唇は赤く歯は白く舌は桃色でぬめっておりました。

母は父に会うときだけは別の生き物に変わって濡《ぬ》れて光って見えました。

加減によってはまったく見えない蜘蛛の糸が唐突に視界に飛び込んできらりと光るような有様でした。

母の唇の赤さなど私はいつもは気にとめたことはなかったのです。それが突然瑞々《みずみず》しく甘い果物のように艶《つや》を放っておりました。

じいっと凝視していると父が私を咎《とが》めるように見て追いやるように片手をさっと振るのです。

いいつけに背くと後で叩《たた》かれましたし、長居すると母が不安定になって暴れますので、私は素直に上に向かい、父母が暗い部屋で何をしているのかをぼんやりと考えたり、あるいは考えなかったりするのでした。

日が差さないその部屋は座敷牢《ざしきろう》と云うのだと後年知りました。

すべては私の育った村でのことです。

※

華園小路葉子には別名がある。と云うより華園小路葉子はそもそもが偽名であった。

本名は八原院葉子とされている。この八原院もまたもしかしたら偽名であるのかもしれない。彼女のすべては謎に包まれている。

依頼人から「華園小路」と云われてもまったく思い当たる部分がなかった益田ではあるが、その後、中禅寺に「もしその華園小路が、別名八原院葉子という女性で正しいのなら、厄介かもしれないな。八原院葉子のサロンに出入りしていた人間をいまになって洗い出そうなんて一般人はやりたがらない案件だ」と説明されて、委細を知った。


もく星号墜落事故が発生したのは昭和二十七年の四月九日の朝である。いまより約一年前の出来事で益田の記憶にも残っている。

早朝に羽田《はねだ》空港を離陸した飛行機もく星号に搭乗していたのは、政治家と人気のある芸能人と大企業の社長に重役、ホテル支配人に炭鉱主と、社会的地位が高い富裕層ばかりであった。

離陸したもく星号は直後に消息を絶ち、その後の情報は二転三転する。見つかっただの生存者がいるだのと誤報が飛び交い、見当外れの場所を捜索し右往左往しての翌日の朝──もく星号は、伊豆大島の三原山山腹に墜落しているのが確認された。

生存者は誰もいなかった。

その飛行機に乗っていた宝石商が──偽名を使って暮らしていた八原院葉子であった。

「謎に包まれた女だったようですよ。事故のニュースのなかでも謎だった。一般人だったからといったってあれだけの事故であれほど報道されていたのに、僕なんかはもく星号の事故と華園小路という女性の名前はつながりもしなかった。被害者としての報道名簿に一度か二度、名前が漏れただけで世間の記憶にも残っていない」

榎木津に命じられたが、青木は少女を警察に連れていかなくてはならないからと逃げ出してしまっていた。残ったのは益田と関口で、仕方なく、益田と関口は榎木津を先頭に外に出たのだ。

「本名を隠して華園小路葉子なんて貴族みたいな名前で宝石を売り歩いていた。渋谷の家にはいつも人が訪れていて贅沢《ぜいたく》に暮らしていたらしいですよ」

榎木津は例によって人の話を聞かない。ひとりだけ颯爽《さっそう》と「いつのまにか」自分のものになったのだと云う自動二輪に跨《また》がって先に行ってしまった。いつのまにかもなにも、つい先日、道ばたで年若い女性にからんでいたやくざ者の男を榎木津が殴り倒し、相手が詫《わ》びとして差しだした自動二輪である。益田はその一部始終を電信柱の陰に隠れて見守っていた。榎木津は優男の見た目なのに喧嘩《けんか》がめっぽう強い。

探偵には「走ってついて来い」と云い捨てられたが、関口は勿論《もちろん》、益田もさすがに自動二輪に併走できる体力はない。あっという間に榎木津の姿は道の端で点になり、消えた。

仕方なく、益田は虚《うつ》ろな顔になってしまった関口に、同情混じりでいままでの調査結果を伝えながら歩いている。

「……待ってくれ。どうして僕までその……華園小路だか八原院だかという女性の調査をしに行かなくてはならないんだい？」

「そりゃあ関口さんが榎木津さんを焚《た》きつけた張本人だからですよ。まさか榎木津さんに仕切らせて、自分だけ逃げようとしてませんよね？」

「焚きつけてなどいないよ」

「いやいやいや。焚きつけましたよ。石油の染みた紙切れに火の気を近づけたのは、誰でもない関口さんだ。僕なんて怖いからあんな云いぐさはできませんから。関口さんのそういうところは尊敬します」

関口はうなだれて首をひねっている。自覚がないのが関口の凄《すご》いところだと益田は思う。それに関口以外の誰かが似たような云い方をして榎木津を苛《いら》つかせても「ならば自分が仕切ろう」などと、おそらく榎木津は云いださない。中禅寺と関口のやり取り同様、ここでもまた榎木津と関口のいままでのつきあいの長さが窺《うかが》い知れる。同じことを益田が云ったとしても『探偵』の三角錐《さんかくすい》で叩きのめされるのがせいぜいで、榎木津が自ら立ち上がることはないだろう。

「してますよ。見倣おうとしても僕《ぼか》ァ関口さんみたいにはできないだろうなァ」

羨《うらや》ましいような、そうでもないような微妙な気持ちで益田はそう言葉を紡いだ。

「榎木津さんが落ち込むことなんて想像もできないですが、もしそんな日が来たら、そのときは一番に関口さんをお呼びします。関口さんならあの探偵に活を入れることができるんでしょうね」

ぽつりと本音を零《こぼ》すと、関口は泣きそうな顔で、

「僕に八つ当たりすることで榎さんは元気になるからねぇ」

と返事をした。

「そこは自覚しているんですね」

「益田君……」

「すみません」

関口の悲哀の籠《こ》もった表情に、益田は意味なく謝罪してしまった。

そうしてふたりは並んで歩いた。

榎木津が目指しているのは、八原院葉子にかつて離れの家屋を貸していた家主である。

益田が聞き込みにいくのならまだしも、榎木津がひとりで出向くことに不安を覚える。

「でも今回は榎木津さんが出張ってきてくれるなら、それが良かったような気もします。面倒が大きくなる気もしますがね」

「良かったのかい？」

「はぁ。事務所で話した通りですよ。聞けば聞くだけ僕向きではない話になってきてまし

てねぇ。八原院葉子と云うのは宝石商で、売るほどダイヤを持って歩いていたけれど、あの頃の日本でそんなにダイヤが集められるのが可笑《おか》しいなんて云う話も出ています。戦争時に民間人のダイヤはほとんどが軍に供出してしまってますからねぇ。集められたダイヤや金が帝銀《ていぎん》の金庫に入れられていたが、それも全部が全部じゃぁなく、一部はGHQのおえらいさんや米軍の将校がこっそりと本国に持って帰ってしまったらしいって噂もありましたよね。探偵のところで関口さんも話していた」

「……うん」

「現に、飛行機事故のあとで八原院葉子が機内に持ち込んでいたはずの鞄《かばん》がなくなっているだとか、ダイヤがけっこうなくなっているとか、そんな噂もあったんですよ。ただし飛行機事故の原因も含めて、なにもかもが箝口令《かんこうれい》だ。上のほうから『つついてはならん』てな圧力が来て、かつての僕みたいな平べったい刑事にはつつきまわせる事件ではなかったんです」

だが、いまの益田は刑事ではない。

探偵助手だ。

一般人だ。

「八原院葉子についても、もく星号についても、あやふやになって幕を閉じたんですよ。もく星号ってのは軍に撃墜されたなんて話もあるくらいきな臭いんだ。当時の管制官ともく星号との通信のやり取り、軍は提出するのを拒否したそうですよ」

飛行機「もく星」号は悪天候のなか、管制塔の指示に従って真っ直ぐに「三原山に」衝突し墜落した――らしい。

らしいというのはそのときの委細がすべて謎のままだからである。

交信の記録は残っている。しかし米軍はその公開を拒否したと聞いている。

「東京ローズ捜しのはずが、華園小路の名前が出たことで、新聞社や出版社に行ってもく星号の墜落事故の写真を確認することになりました。思いがけずあちこちに行った。行ったのは別にいいんですが」

バラバラに壊れて散乱する飛行機の部品と共に人の亡骸《なきがら》の写真が残っていた。とある報道部にあったお蔵入りの写真である。

人の死体が人体としての形を保っている。施錠されたジュラルミンの鞄もしっかりと写真に写っている。鍵《かぎ》は破壊されず鞄は開いていない。米軍のものと思われるヘリコプタアが遠くに見える。現場を確認する米兵の姿も写っている。

「残っている写真が不審すぎるんだ。もっと高いところから勢いよく落ちたり衝突したりしていたら鞄やら人体やらは吹っ飛んでると思うんですよね。でないとしたら低速で真っ直ぐに山に突っ込んだことになる。管制塔に指示されるがままに山に向かうってのはいくら悪天候で視界が良くなかったっていっても無茶すぎないですかねぇ。それに鞄は……たぶんその写真に写っている鞄は他の記事から推測するに華園小路——と云うか八原院葉子が宝石を入れて持ち歩いていた鞄のようだ。その後に鞄がなくなったっていうなら、中身を誰かが持っていってしまったんだ」

「……それは、つまり？」

益田は小さく肩をすくめた。

「陰謀論を云うのは柄じゃないし、そんな大きな事件は僕向きじゃあないんですがね。一部で噂になっていた軍の誰かがダイヤを持ち去ったっていう見解はあながち間違ってはいないと思う。そもそも飛行機事故に至った原因も華園小路もとい、八原院葉子のダイヤや、あるいは彼女の握っているなにかしらの情報がらみだったとしたら、どうなんでしょうね」

つくづく僕向きじゃないんだよなァ——益田は続ける。

「それだけじゃなくて、探偵はほら『視《み》』るじゃあないですか。どういう理屈かは知りませんけどね。榎木津さんが依頼人に会ったときに『光る石』みたいなことをぶつぶつ云っていたんだ。光ってて石ってのは宝石じゃないですか？　依頼人はジョン・ウィリアムス。元ＧＨＱ。この人がとても河童《かっぱ》に似てるんですが——まァそれはどうでもいい——その見た目が探偵のつぼを突いたから、依頼を受けろって命じられたんだと僕《ぼか》ァ思ってたんですよ。榎木津さんにはそういうところがあるじゃあないですか。猫が好きだとか本物の妖怪《ようかい》を見たがるとか。僕らにはわからない好き嫌いや選択の理由が」

「あるねぇ」

「でもあの人は自然と、嗅《か》ぎわけるみたいに大事件を吸い寄せる人でもあったんだ。調べてる途中で突然それを思いだしてしまいましてね。こりゃあ僕の事件じゃなく榎木津さんの事件なんじゃないかなって。それをどうにか説明しようと事務所で長々話したのに、あの人は、宝石だの飛行機事故だの米軍の陰謀や情報の秘匿だのって説明は全部聞き流した。あくびをしてましたよね。僕の説明に食いついてくれたのは関口さんだけだった。個人的には興味はないけれどカストリ雑誌の記事としては興味があるって」

「ああ、そりゃあ僕も食べていかなくちゃならないからね。蜘蛛《くも》はほら……記事にできそうにもなかったからそれならその飛行機の話をカストリにって思ってしまったんだな。まぁ、榎さんは流してたねぇ」

「でも結局、榎木津さんが出張ってきてくれることになるのなら――これはそういう事件なんでしょうかね。榎木津さん向きの大きな事件てことなのかな」

「いやあ。違うよ」

　やけに決然と関口が答える。

「え？　どうしてです？」

「益田君も自分で云っていたじゃないか。宝石だの飛行機事故だの米軍の陰謀や情報の秘匿だのは、榎さんにはどうでもいいことだ。榎さんは自分が楽しいことしかしないんだ。そういう人だから。だからこれはたぶん益田君向きの事件なんだよ。……まだ、いまのところは」

「そんな大きなものと事を構えられる器じゃないですからねぇ。僕ァ、せっせと人や物を捜す地味な探偵なんだ。まあ、榎木津さんが自分で動くと云うってことは大きいか小さいかはさておき、きっと正義なんでしょうね。東京ローズ捜しは」

「うん」

「可笑しいもんですね。あの人が動いたらぐちゃぐちゃになるし僕も酷《ひど》い目に遭うだろうから及び腰で逃げだしたいのに——どうしてでしょうねぇ。実際に榎木津さんがああやって自動二輪で飛び出していくのを見たいまは、少しわくわくしてるんですよ」

慥《たし》かに益田の手には負えないだろう。中禅寺に「やめておけ」とたしなめられるだろう。それでも榎木津がなにかを見通してくれるなら少しすっきりするかもしれないと、心の何処かで期待している。巨悪とか元ＧＨＱ案件だとか社会の闇とかそんな大きな物が相手でも、榎木津ならば豪快に投げ飛ばしなにもかもをすっきりとさせてくれる。

探偵は秘密を暴く。真実を見抜く。

「そうか。益田君は案外と子どもなんだね」

関口がぼそりと云った。

「子ども？　僕が？」

「榎さんは大きな台風みたいなもんだからね。自分が酷い目に遭わない前提の天災は、子どもってのはおもしろがるもんだ」

暗い顔をした関口が妙に鋭いことを云う。一理、ある。榎木津は人を「馬鹿」に変化させる作用を持っている。益田は榎木津が関わることで心根の一部だけ軽やかに、子どもになるのかもしれない。

「それじゃあ関口さんは、どうですか？」

「僕は……どうかな。うん。僕も少し……そう、少し……」

榎さんと関わることで生きやすくなった部分はあるなぁ、と。

関口は益田のほうではなく空の端っこの遠くを見つめてなんとなく恥ずかしそうに、つぶやいた。中禅寺のところで拗《す》ねていたときと同じだ。そっぽを向いている。

「榎さんがどうというんじゃなく。人は環境で変わる生き物だからね。天気がいいと元気になるとか、まわりに躁病《そうびょう》の人間がいると引き上げられて明るくなるとか。まあ、そんなもんなんだろう」

云い訳のようにつけ加えた。

関口が照れくさそうだから益田にも羞恥《しゅうち》が伝染した。わくわくするとか、子どもになるとか、大の大人の男同士でなにを話しているのだろう。馬鹿なやり取りだ。

困ったことに——本当に榎木津にはそう云う力があるのだ。関わる人を「馬鹿」で「軽く」する。

益田は気を取り直し、話題を斜め横へと変えた。

「榎木津さん無茶しないですかねぇ。先に着いてひとりで目茶苦茶にしないでくれるといいんですが」

「目茶苦茶には……なるだろうなあ。むしろ目茶苦茶になってないほうがおかしいだろう」

「関口さん、そんなところだけ断言しないでくださいよ」

「榎さんはすべてを破壊するから跡形もなくすっきりすることにはなるんだろうねぇ」

「そうでしょうね。なにせほら、あの人は『自分こそが正義』の人ですから」

「……実際、榎さんこそが本物の正義の味方かもしれないよ」

少し楽しげに関口が云った。

「そうですね」

「壊すけどね。なにもかもを粉々に。それから無茶苦茶だけどね」

「ですねぇ」

破壊神は正義の心を持っている。同意して横を歩く益田の口元も綻《ほころ》んだ。自分も酷い目に遭うかもしれない「天災・榎木津台風」を益田のなかにいる少年がおもしろがっている。

おもしろいかおもしろくないか。その二点だけで見てみるならば東京ローズ捜しは益田には充分におもしろいものなのであった。

電車に乗って目的地に着いたがそこに榎木津はいなかった。心の何処かでそんな気もしていた。安堵《あんど》したような落胆したような半端な気持ちの益田である。

八原院に離れを貸していたという家主の下で、手伝いとしてずっと働いている女性を訪ねる。女性は益田たちを迎え入れ、困ったような半笑いを浮かべた。

「先日はいろいろとお話を聞かせてくださってありがとうございました。もう少し伺いたいことがあってまた参りました」

丁寧に挨拶《あいさつ》をする。家主は感じのいい善良な女性で、初回のときも益田を追い払ったりはせずに知っていることを訥々《とつとつ》と話してくれた。今日は家主は不在だ。しかし家主は不在でも、手伝いの女性に後日また当時の話を伺うことになるかもしれないからと、事前に伝えて、便宜をはかってくれる確約はすませていた。

八原院葉子は正体が謎に包まれていたせいで「もく星号で亡くなった女性の正体を明かす」系のゴシップ記事を目論《もくろ》む輩《やから》が何人か定期的に取材に来ているのだと云う。最初は益田もその向きの人間かと警戒された。

けれど益田は八原院葉子の人となりではなく「八原院葉子の家を訪れた客人の詳細を聞く」人捜しの探偵だった。若い女性の家出人捜査で親が心配しているというように「誤解してもらえる」云い方で話を持ち込んだので、いまのところ随分と協力的に話はしてくれている。

嘘は云わず相手にいいように誤解してもらい口を滑らかにしてもらうのも探偵助手の腕の見せ所である。幸いに大家も手伝いの女性も人当たりがよく、家出した女性が見つかるといいですねと穏和に応対してくれている。

玄関先の立ち話だ。関口は所在なげに突っ立っている。

「さっき綺麗《きれい》な顔をした変な人が来て、いろいろと騒いで帰っていったばかりなんですよ」

半笑いの理由は、それか。榎木津が早速その力を発揮して混乱させて去っていったらしい。

「そりゃあ災難でしたね」

益田は長い前髪で隠した目を細くして笑う。説明されずとも榎木津の騒ぎぶりは把握できる。

「バラがバラバラだとか云ってまったく話が通じなくて、追い払おうかどうしようか考えていたら、来たときと同じにふらっと帰っていってしまって」

狐に化かされたみたいな顔で相手が述懐する。榎木津の対応の奇天烈《きてれつ》さを誰かに訴えたかったのだろう。その気持ちはよく解る。

「なんだったのかしらあの人は。華園小路さんのこともそこを訪れたお客さんのことも特に聞くわけでもなく、私の顔を見て妙なことを云って、突然『あ！　河童さんだ』って叫んで自動二輪に乗って走っていってしまいましたの」

彼女にとって八原院は偽名の華園小路なのである。そのあたりからしてすでに複雑だ。

「河童さん……ですか」

心当たりはある。それはジョン・ウィリアムスのことだろう。

どう考えてもいま榎木津が「河童さん」と呼ぶのは彼しかいない。

「春先ですから変な人も多くなっている。お気をつけください。なんて云うことを僕みたいなしがない探偵の若造が云うのもおかしな話ですが。なんだったら知り合いの警官に話を伝えておきましょう。おかしな人がこのあたりをうろついていて危ないから見回りを増やしてくれと」

益田は話をまとめようとそう告げた。嘘はついていない。

「そうねぇ。怖い感じではなかったけれどとにかく変な人だったから」

榎木津に聞かれたら怒られそうだが、聞いていないから云いたいことを云う益田である。

「その変人は他になにか云ってましたか？　見回り増加を頼むときに説明しておきます」

「薔薇《ばら》屋敷のことを聞いていったわ。『その薔薇だ』みたいなことを」

「薔薇屋敷？」

「少しいったところに近所で有名な薔薇屋敷があるんですよ。大通りからは見えない細道の、奥まった場所に建っているので近所の人や偶然奥まで行った人じゃないと知らないんじゃないかしら。畑の真ん中に突然建った洋館で、庭に薔薇がいっぱい咲いているので近所みんなの眼福ですの。たぶんその薔薇屋敷のことを聞いていったような気がするんですが……ちょっとわからないわね。話が飛びすぎていて。でもおそらく」

益田は薔薇屋敷の住所と所有者の名前を聞いた。ここからの道順も尋ねる。

「暮らしていらっしゃるのは八原院郁《かおる》さん。大きな会社をやっていらっしゃるの。お屋敷は、近所ではみんな『薔薇屋敷』で通っているわ。だって凄《すご》いもの。庭の薔薇が。八原院さんも昔はよく華園小路さんのところに遊びに来ていらしたのよ。そのご縁で渋谷に屋敷を建てたと聞いているわ。ご実家は東京ではなくてよく遊びに来ているうちにここが気に入ったから土地を買ったとか」

どんな字かも丁寧に教えてくれた。八原院葉子の知り合いが八原院というのは偶然にしてはできすぎだ。

榎木津がなにかを「視《み》」たのなら、益田たちは後を追わなくてはならないのだろう。益田がしなくてはならないのは榎木津が感知できないような別の部分の補足だ。はたしてそんなものはあるのだろうかと思いながらも聞き込みを続ける。

「ところで華園小路さんのお客さんのなかには高名な芸術家に資産家、それから軍人たちが多かったと聞いておりますが——外国の人も多かったんですよね。だいたい華園小路さんにはお父さんがドイツ人でお母さんが日本人だったなんて云う噂もありましたっけね。いや、これは恥ずかしながらゴシップ記事の受け売りでちゃんと調べたもんじゃないんですがね」

東京ローズを捜そうとしていたから、前回来たときは「若い女性の日本人」を中心に来客の様子と、客たちのその後を聞いて帰った。しかし榎木津が手伝いの女性の記憶のなかからジョン・ウィリアムスの姿を見つけたというのなら話はまた別だ。

東京ローズを捜してくれ。手がかりは華園小路だ。

薔薇十字探偵社にそう告げて依頼しておきながら、依頼人本人がそもそも八原院に出入りしていたというのなら——裏になにかの仕掛けがあるのかもしれない。そんな話を益田は依頼人から聞いてはいない。ジョンは自分でも調べたようなことは云っていたから、その流れで数回聞き込みに来ただけなのかもしれないが。

「流暢《りゅうちょう》に英語を話してらしたから海外の方もいらしてたようですね。前にもお伝えしました通りに私の雇い主が離れをお貸ししていて、私も一時期は華園小路さんのおうちのお手伝いもさせていただいてましたけど、生活様式も生活時間も違うので途中からうちはあまり華園小路さんのほうに立ち寄らなくなったのですよ」

「ええ。あとは華園小路さんの妹さんのことも教えていただきました。妹さんにはまだお会いできていないのですが。なんて云うか激動の人生を歩んでいた女性らしいですね。華園小路さんと云う人は」

「そうですね。いろいろなことがありましたから」

ふと遠い目をして彼女が云った。詳細は聞かずに益田は軽く顎《あご》を引いてうなずいた。

軍関係の通事をしていて、その後は米軍関係者の日本での恋人になったと云うのは調べがついている。そうして突然ダイヤを複数抱え、宝石商になった。どこから宝石を得たのかは謎のままだが、順を追って考えてみれば、軍関係者の縁を頼ったことだけは確実だ。最終的に飛行機事故で亡くなった。波乱の人生である。

「あ、そういえば……客人のなかにこう……頭髪が慎ましくなっている外国の男性はいましたかね？　ちょっと剽軽《ひょうきん》な感じの快活な……背丈は僕よりもう少し高くて……米軍関係の」

つけ足しみたいにして聞いた。頭髪が慎ましく……と云うところで相手が少し笑った。

もく星号の事故は昭和二十七年四月。ＧＨＱの解体も昭和二十七年四月。八原院葉子とジョン・ウィリアムスが知り合いだったと仮定すると去年の四月までは親交があった可能性が高い。

「いましたよ。何人かそんな方が」

「云い方が悪いが西洋河童《がっぱ》みたいな見た目の」

脳内で「ジョンさん、すみません」と謝罪しながら云った。

「いました。いましたわ。お名前は存じあげないけれど一時期よくいらしていた人が。きっとあの方ね」

彼女は笑顔でうなずいた。

ああ、そう云えばと顎に指を置いてつぶやく。

「薔薇屋敷の八原院さんが顔を見せていた時期とちょうど同じくらいだったかしらねぇ」

「八原院さんてのは女性ではないですよね」

東京ローズがその八原院だとしたら——あっというまに捜査は終了だ。

榎木津が動いてすぐに行き当たりばったりに本星を捕まえてしまうのはありそうな気がして、尋ねてみる。

「ええ。男性ですよ」

「ああ……」

さすがにそれはなかったかと脱力する。いくら引きのいい榎木津であってもそこまでの神通力はないらしい。

「けれど女性と間違えるくらいに綺麗な人よ。庭の薔薇だけではなく薔薇屋敷の家主も眼福ですのよ」

手伝いの女性がうっとりとした目をしてつけ足した。


無言でしおしおと横に立っていた関口と共に、教わった通りに薔薇屋敷へと歩いていく。このあたりはGHQが借り上げていたせいもあり洋風の家屋も多い。米軍の関係者が暮らしていたワシントンハイツがあるのも渋谷である。

けれど瀟洒《しょうしゃ》な屋敷や立派なビルヂングもあるが、一歩細い通りへと外れると草がまばらに生えた空き地や麦畑が広がり、暗い色の濁った川べりはしんと静かでほんのり暗い。

「そう云えば青木さんがあの女の子を保護したのも渋谷でしたっけ」

つぶやくと隣で関口は首を捻《ひね》っている。

「そうだったかなぁ」

関口は相変わらず頼りない。空気入れで身体の中身に空気を吹き込んでやりたいぐらいにくたりとして歩いているのだった。

「あの女の子にも探偵は物騒なことを云ってましたね。戻ったら死ぬかもしれないって」

思いだして云い募る。青木と少女は警察署に戻ってその後どうなったのだろう。今回の件がまとまって時間ができたらまた青木に連絡を取って酒でも飲もうかとぼんやりと考える。

迷うこともなくすぐに目当ての屋敷が見つかった。

角を曲がると風に乗って、むせかえるほどの甘い香りが漂ってきた。道ばたに自動二輪が停められている。榎木津はまだここにいるということか。

細い柵《さく》で区切られた門の向こうに真紅の薔薇が咲く庭が見える。艶艶《つやつや》した緑のなかに赤い色を無造作に撒《ま》き散らした庭は慥《たし》かに美しく「薔薇屋敷」以外にこの家屋の呼び名はなかろうと納得する。

二階建ての屋敷。半円に張り出した窓に据えられた大きな硝子《ガラス》がきらきらと日差しを反射して光っている。

門扉に手をかける。鍵《かぎ》はかかっていない。ゆっくりと押し開けて、首を少し長めにのばして、

「もぅし。いらっしゃいますか」

と益田は声をかける。関口が益田のすぐ後にぴたりとついている。

「いるとも！」

聞き慣れた声が返ってくる。榎木津の声だ。

ためらう益田を置いて関口が先に足を進める。主人に呼ばれた犬のように無心の顔つきで、ただ声のするほうへと。

「関口さん……？」

呼び止めたが関口はときどき見せる大胆さを発揮して、家に人がいるかどうかも頓着《とんちゃく》せずに、赤い色をした柔らかな地面を踏みしめ、庭の奥へと一直線にするすると歩いていく。

風が吹いた。

花びらが捲《めく》れ散り落ちる。

柔らかい薄紙をくしゃくしゃに揉《も》み込んだような薔薇の花は無防備で美しい。

風が吹く度にあちこちで薔薇の枝と葉が擦《こす》れ合いかちかちと小さな音を零《こぼ》した。

探偵は裏庭の奥——薔薇の枝が伝う緑門の真下に立っていた。

半円の緑門を飾る薔薇は白と赤だ。

茶色みがかった髪に輝く鳶色《とびいろ》の双眸《そうぼう》の西洋骨董《こっとう》人形の面差しで両手を軽く広げて立つ探偵は人ならざる者のようにも見えた。

まるで天の使いだ。

榎木津の立つ緑門が白薔薇と赤薔薇の境界だ。真紅の薔薇と白い薔薇をまとわりつかせた緑門から向こうは入り口とは違いあたり一面に白い薔薇が咲いている。

「榎さん……どうしてここに？」

姿が見えないときは一心に歩いていたのに、榎木津を見つけた途端、動きがおずおずとなった関口がくぐもった声で尋ねる。

「鍵がかかっていないから入った！」

榎木津は胸を張って揚々と答えた。

「それは無断侵入とか不法侵入とか云うやつじゃあないですか」

益田は立ち尽くし、天を仰いだ。家の人が来る前に外に出たほうがいいのではないだろうか。

ふいに——。

空を、長く厚い雲が動いた。日が陰り、地面に暗い影が生じた。緑と赤と白の色彩もつかの間、淡い灰色を落とした色に沈んだ。

奥の茂みがざわざわと動き、ぬっと人が現れる。

「いらっしゃいませ」

ややかすれ気味の声が、そう告げた。

関口が「ひゃっ」と変な声を出した。驚いたのだろう。少し後ずさり逃げ腰になっておどおどと視線を巡らせている。

「うん。いらっしゃったぞ！　待たせたな。僕だ」

榎木津は通常通り、堂々としたものだ。背後から現れた家主を振り返りもせず、弁明もしない。

「すみません。あまりにも薔薇《ばら》が綺麗《きれい》だったのでふらふらと入ってしまいました。物売りでもないしあやしい人間でもないんです。いや、けっこうあやしそうですが、これが本当にあやしい人間と云うのはここまで堂々とあやしくない。僕たちが見るからにあやしい三人というこのことが、僕らがあやしくない善人だっていう証明なんですよ。僕たちは美の探求者で、薔薇屋敷の噂を聞いてひと目見たいと」

足を踏みだし家主へと釈明しはじめたのは結局、小市民的な魂を持つ益田だけであった。

「そうですか」

さらりと流され、受け入れられた。ありがたいが拍子抜けだ。

強い風が吹く。雲がまた動いた。光がまた戻る。

陰になって暗い色に沈んでいた人の姿も明るくなる。

耳の鼓膜をざわざわとゆっくりと擦りあげるような枯れた声で、

「薔薇がお好きなのですか？」

と益田に聞いた。

片手には花きり鋏《ばさみ》を持っている。すっとのびた手が薔薇の茎をぱちりと断ち切る。ぱちぱちと鋏で手早く茎から葉を斬り落とし、益田へと差しだす。

一輪の白い薔薇。

一見では男とも女ともわからない。

声もまた男のものとも女のものとも取れる声だ。

背は高い。手足が長く細身の均整のとれた身体つきの麗人である。

中国風の襟の高い衣服がぴったりと身体を覆っていて、しげしげと観察してやっと身体つきから男だろうと知れる。

柔らかい光を帯びた杏仁《きょうにん》形の目は吸い込まれそうな底光りのする漆黒だ。襟足より少しのびたやや長めの髪も黒く、柔らかな巻き毛だ。通った鼻梁《びりょう》に薄い唇。白く滑らかな肌。

細い指の先にちょんと載った、誰かが細工して彫り込んだみたいな爪に益田の視線が吸い寄せられる。庭仕事の土が爪のあいだに入り込んでいて、その一点の汚れが、唯一、その人に親しみやすさを与えている。

汚れがあることで「人らしさ」が混じり込む。

それがなければまがい物じみて声をかけづらい類《たぐい》の美貌《びぼう》の主だ。

榎木津の隣に彼は立つ。それぞれに抜きんでた美貌が春の終わりの柔らかな日差しに彩られ輪郭が淡く滲《にじ》んで光っている。白薔薇と赤薔薇を掲げた緑門の真下に二体の人形が並び立つように見えた。

「あなたが八原院さんですか？　薔薇屋敷にはえらく綺麗な人が住んでいて、いい人だと噂で聞きました。いい人だから勝手に入り込んでも許してくれるなんて甘えたことを考えてたわけじゃないですが」

「いい人？」

榎木津が聞き返した。

鳶色の硝子の双眸で隣に立つ八原院を見つめた。

「いい人だと噂されているのですか？　私は？」

八原院も聞き返してきた。益田が受け取りそびれた白薔薇は行く当てをなくし、まだ彼の手のなかにある。薔薇は益田から榎木津へと指し示す先を変えた。

「スウプ」

榎木津が短く告げた。

「そうか。きみは薔薇だ。赤くも白くもない。きみは黒薔薇だな。真っ黒だ。だけどきみは薔薇じゃない。つまり」

弛《し》緩《かん》した顔でそう続ける。榎木津以外は無言だった。全員が榎木津の言葉を待っているかのようだった。

「なるほどな。僕がいましているのは河童さんの人助けだからなぁ。僕はきみが大嫌いだがそれはそれとして」

榎木津は眉《まゆ》を顰《ひそ》める。

「ひとつだけ聞きたい。きみも何かの助けが必要なのか？」

「え？　いや、どうでしょう」

戸惑って応じた。榎木津は「ふうん」と気抜けた声をだし突然なにもかもに興味を失ったようになってあたりを見渡す。

「用事は済んだ。さて帰る」

最後にそう云い、くるりと身を翻し背を向けて歩き去ってしまった。下僕にわかりやすい言葉を置いていくことをしない主人が榎木津なのである。

「え……榎木津さん？」

関口は、榎木津の背中と益田と八原院との顔をぐるぐると見て途方に暮れた顔をして立ち尽くしている。榎木津はあれはあれで、ついて来て欲しいときは「ついて来い」ときちんと云うので、云われないというのはつまり行かなくてもいいのだった。

探偵は秘密を暴いて結論を見つけてしまったらしい。

そうなると残された探偵助手の益田は地道に這《は》いつくばって捜査をするしかないのだ。あとで「しなくてもいいことをしてお前はなんてオロカなのだ」と怒られるのが益田の仕事のようなものだ。

八原院は白薔薇を立てて口元を覆う。それから首を傾げて、

「なんだったのでしょう」

とつぶやいた。仕方なく益田が答える。

「嵐のようなものです」

「そうなんですね。黒薔薇に喩《たと》えられるのは光栄ですね。いまだ誰も咲かせることができ

ない美しくも神秘的な薔薇だ。私はそんなに綺麗かな」

と淡く微笑んだ。

「……はは」

益田の頬が引き攣《つ》った。

こちらもこちらでかなりの変人だ。

本気でそんなことを云う男は顔がよくても少し、引く。この言葉を、笑える要素を入れて自虐せずにつぶやける類の美意識や自信の持ち主と益田は相性が悪い。とはいえ益田は苦手な人間が相手でもいくらでもへらへら笑って見せる心意気を持って過ごしているので、平気は平気なのだが。

「いまのは冗談ですよ。笑ってくれてありがとう」

真顔で云われた。

益田は「けけけ」と遠慮なく軽く笑った。笑ったあとで、

「でも実際にお綺麗ですね」

と持ち上げた。八原院は満更でもない顔をし、手にしていた薔薇を関口に向けた。

「せっかくですからお茶でもいかがですか？　花泥棒に罪はないと云います。よければ薔薇をお切りしましょう」

「はぁ」

関口は曖昧《あいまい》にうなずいた。困り顔で益田を見た。

「ありがたくご馳走《ちそう》になります。僕は図々《ずうずう》しい善人ですから。益田龍一と申します。ちょっとした助手をやっておりまして、こちらのこの無口な人は関口先生です。これで立派な小説家の先生でいらっしゃる。薔薇屋敷を背景にした娯楽小説の構想を練るとか練らないとか練られそうもないとか練る予定もないとかいろいろとありまして、それでこちらに伺いました。とにかく関口先生は筆が遅いので助手も大変なんですよ」

「関口先生……もしかして関口巽先生ですか？」

八原院の目が大きく見開かれた。

「え？　まぁ、そうです。僕はつまり、それです」

関口の目もまた大きく見開かれた。筆名を名乗るのに「それです」というのはなんだと思うが、この反応はとても関口らしい気もする。

「近代文藝《きんだいぶんげい》の『目眩《めまい》』を拝読しております。私はあの小説がとても好きで。関口先生にお会いできるなんて光栄だなあ。ぜひお茶を飲んでいってください。さあ」

固まる関口に八原院は薔薇を押しつける。関口は拒否もできず素直に白薔薇を受け取った。「どうしたらいいのか」と云う感情が関口の顔いっぱいにはっきりと書かれているのが益田にも解る。薔薇一輪を手にした関口の腰を抱き、八原院は玄関口へと関口を連れていってしまう。

益田は例によっての幇間《ほうかん》の口調で、

「いやぁ。さすが関口先生だ。あらゆるところに先生の読者がいらっしゃる。さすがですねぇ」

と関口を持ち上げながら後ろを付いていったのだった。

「手伝いの者が辞めてしまったばかりでいろいろと不便で困っております。お茶の用意もこうして自分でしなくてはならない始末で。でも私の紅茶を淹《い》れる腕は、なかなかのものじゃないかと自認しているのです。緑茶も珈琲《コーヒー》も旨《うま》く淹れられませんが紅茶だけはそこそこの味と香りのものを淹れられているつもりです。いかがですか」

招かれて入った八原院の屋敷の応接室である。広い窓から明かりが差し込んでいる。一階の居間からは庭の様子がよく見える。

和洋折衷の洋館は多いが、この屋敷は完璧《かんぺき》な洋式の家であった。まず玄関先で靴を脱がない。玄関にある絨毯《じゅうたん》で軽く靴の泥を拭《ぬぐ》ってそのまま入室する。益田も関口も家主に云われて倣ったが、習慣がないのでかなり戸惑った。

「ああ、関口先生。ミルクとお砂糖は？」

八原院が問う。

関口が「はあ。いえ。あの」と意味のわからない返事をした。

「先生はお砂糖ひとつにミルクも少しで。僕もそんな感じでお願いします」

関口の好みを益田は知らない。知らないが勝手に自分と同じに頼んでみた。八原院はミルクの入った陶器の入れ物を寄越す。自分の茶碗《ちゃわん》に入れるついでに関口のにも入れる。砂糖も入れてかき混ぜる。

いただきますと告げてから、薄い陶器の茶碗に口をつける。世辞ではなく本当に美味《おい》しい紅茶である。色合いも美しく、口当たりもほんのりと甘い。

「ああ……とても美味しいです。特に香りがいいですね。飲む前から、ふわあ～っといい匂いがしていた」

「それは良かった」

そう応じ、一拍置いてから、八原院は「あ」と目を瞬かせた。

「さっきのあれは……助けが必要かといえば、私は手伝いの者を探しておりました。あのとき『はい』とお答えすればよかったのかな。もしかして私が使用人を探しているのをどこかから聞き及んでうちの手伝いになる心づもりがあったのでしょうか」

榎木津が聞いたら激怒しそうなことを云いだす。誰かの使用人になる榎木津など想像できない。

「僕はよく知らないんですがね。どうでしょうかね」

益田は前髪で目元を隠したまましれっと笑って応じた。榎木津が先に帰ったことに感謝だ。

関口がぽかんとしてから狼狽《うろた》えたようにあからさまに汗をかきだした。それを云われたら榎木津がどうなるかを想像したのだろう。

「どんな人を探してるんですか。これもご縁です。なんだったら僕も手伝えますよ。あるいは僕の知っている人に八原院さんの家向きの人がいるかもしれない」

短いあいだの対話で知れたこと。八原院は独特の間合いを持っている。浮世離れした男である。金持ちにはそういう人間が多いからその類だろうか。

「十歳前後の少女がいいのです。妙齢の女性は私を慕い過ぎるあまり予想もつかないことをしでかすので困りますから。かといって男性に身のまわりのことをさせるわけにもいかない」

「なるほど。関口先生、どなたか知り合いでそういう人はいませんか?」

うんうんと神妙にうなずいて隣に座る関口をちらっと見る。関口の顔からどっと汗が噴きでた。

「いや……それは……その」

益田と八原院の視線が関口に集中する。

いたたまれなくなったのか関口が口を開いた。

「綺麗《きれい》な薔薇《ばら》ですね。紅茶もとてもいい香りで美味しい」

どうしていまさらまた紅茶を褒めるのか。それが関口らしいといえば、関口らしいのだが。話題が絶妙にずれてしまった。

「ありがとうございます。薔薇と紅茶は母が好きでしたので、私も自然と好きになってこだわるようになりました」

「……お母さまはおいくつなのですか？」

「生きていれば何歳になるのかな。私がまだ若い頃に亡くなっていて」

「それは……」

無遠慮に尋ねてしまったことを詫《わ》びようとしたのか、関口はもごもごと口のなかで言葉を押しつぶしている。しかし関口の言葉が意味を持つより先に、八原院が穏やかに応じた。

「私は、若い母のことしか覚えてないんですよ。母はずっと年を取らなかった。ときには若返りもしたのです」

とんでもない母性神話主義者だ。いつまでも若いはいいとしてさすがに若返りはしないだろう。

「だからでしょうか。母の話をするのはとても楽しいのです。思い出話もわずかしかない分、とても綺麗な記憶ばかりだ。ですから尋ねられるととても嬉《うれ》しい気がします。私にとって母はいつも優しい理想の女性でした。少女のような人でしたよ」

饒舌《じょうぜつ》に感じよく語りだす。

「少女のような？」

「そうです。苦労知らずだったのか、苦労だらけだったのか、いまとなってはもう解らないなあ。母は英国人でした。最期まで日本語を話さなかったなあ。だから私はもう少し若いときは日本語ではなく英語が得意で、一時期少し困りました。まあ、おかげでいまの仕事には役立ってますが」

「英国ですか。どういうご縁で」

「母が、どうして、どうやって、日本に来ることになったのか私はよくは知らないのです。それを細かく知る前に母が亡くなってしまったので。ただ……母が好きだと云っていた薔薇と紅茶は私にとってはとても特別な意味を持って強く心に残っています」

それでこの容姿かと合点がいった。彫りの深い顔だちにミルク色の肌。目も髪も黒いが日本人の造形ではない。

榎木津は彼を黒薔薇と称した。榎木津だから内面を視《み》て告げたのだろうが、外見もまさしく黒薔薇である。男にしては長めの髪は黒い炎みたいにところどころが癖を持って跳ねている。

「それは綺麗な人でした。おそらく熱烈な恋愛結婚だったのでしょうね。父は母に夢中でしたから。そうして母は——日本にやって来たまま時間が過ぎて最後にはこの国に閉じ込められてしまったんです。それは私もです。ある一時期、私も外には出られなかった。敵国の血を身のうちに持つ男は外をおちおち歩けませんでした。——いまは私にとってはいい時代です」

ふと遠くを見るようにして八原院は紅茶に口をつけた。茶碗と皿がかちりと鳴った。

敵国人として収容所に収監されていたのか。

「閉じ込められた……？　それは大変な時代でしたね。その……」

関口がへどもどと困惑して返す。八原院がうっすらと笑う。

「英国はかつては敵国でしたからね。でもそんなふうに困った顔をなさらないでください。母は収監されたわけじゃないんですよ。戸籍も操作して、収容所に連れていかれないようにと気を配って、外にも出さずに屋敷に閉じ込めた。昔の田舎はそういうところはおおかでしたから、戸籍の操作なんてどうにでもなった。人ひとりいなくなったり、あるいは増えたりは、地域の名士の気持ちひとつで動かせた。外に出られなかったという以外はそんなに困ったこともなくて」

「はあ」

「母だけではなく実は私もそうでした。私たちはずっと屋敷に閉じ込められて過ごしていたんです。あれは——ひどい時代でした。外にも出られず脅えて暮らして、外の空気を吸って日光を浴びる毎日に憧《あこが》れた。そのせいかな。私は綺麗な庭が好きなんですよ……。外を出て歩けると云うのはそれだけで天国のような心地です」

聞いてはいけないことを聞いた気がしたが、八原院は平然としている。

ゆっくりと社会は戦後になっている。戦争の記憶は薄れていく。貧困や苦難はまだ足もとに転がってはいるが人の視線は真っ直ぐに未来を向いている。街並みと共にすべては清潔に綺麗に変化をはじめた。

窓の外を眺める。益田たちに話してくれていると云うよりは独白のようである。

「……私の話ばかりを唐突に語ってしまいましたね。申し訳ない。少し人恋しい気持ちになっていたものですから、つい。こんな話は退屈でしょう。そう——関口先生のお話を伺いたいな。『目眩』は近代文藝で拝読いたしました。終わり方が幻想的でそれこそ私の心の風穴をも殺し屋が通り抜けていくような心地がいたしました。この小説を書かれたのはどんな方かと思っていたのですよ」

にこりと微笑まれ関口が赤面し紅茶茶碗をかたかたと鳴らした。

「幻想小説なんかではないんですよ。あれはその……私小説じみた……いや、その」

「私小説ですか？」

「いや、まあそんなこともないんですが。もちろん私小説ではないわけです。殺し屋など見たこともないし、ただ……ええとつまり……まだ僕は本当の小説たるものを書ききったことはないのです。お恥ずかしい限りです」

しおしおとうなだれた関口の顔から汗が噴きだしている。

「こう見えて関口先生は恥ずかしがりなんですよ。謙遜《けんそん》が過ぎる慎ましい作家なので面と向かって誉められたり感想を云われるとものすごく照れます。まぁそういうことです」

割って入って益田がまとめた。

「繊細な方なのですね。芸術家にはそういう方が多い」

話の向きが益田の望む方向に向かっている。ここぞとばかりに益田は尋ねた。

「八原院さんは芸術家たる人たちとの親交が深いんですね」

「昔——そう数年前まではいろいろな方とお話をさせていただいておりました。華園小路さんという方がいらして、よくそこのお屋敷で……」

「ああ、そうか。そうですね。華園小路さんもそういえばこの近くでしたね。ねえ、関口先生？」

「は？」

関口はぱちくりと瞬《まばた》いた。益田は関口がぼろを出す前にかぶせるようにして話を続ける。

「関口先生も華園小路さんとは浅からぬ縁がありましたよね。一度だけですがおうちを訪問されて……ねえ、先生？」

嘘は云ってはいない。ついいましがた一度だけ訪問した。

「ああ。そうなんですか。奇遇ですね。私も生前の華園小路さんには本当によくしていただきました。あのサロンには名だたる芸術家の方たちやその卵たちが訪れていました。わからないなりに私も談義に参加して、いっぱしの口を叩《たた》いたりしていましたよ。懐かしいなあ……。でしたら私たちは何処かですれ違っていたのかもしれないですね」

「そうですね。華園小路さんは……不幸なことでした。惜しい方を亡くしてしまった」

益田が目を伏せてつぶやくと八原院もうなずいた。

「ええ。痛ましいことです」

「失礼ですがこちらのお屋敷にはいつ頃から暮らしていらしたのですか？　これだけのお屋敷ですから気づかないはずもないと思うのですが、つい最近まで、こんな素晴らしい薔薇屋敷があることを知りませんでした」

「三年ほどでしょうか」

「三年でここまでの薔薇屋敷に。すごいものですね。しかし庭師の方はご苦労されているのでしょうね。それともまさか八原院さんがご自身で？」

八原院の手の爪をちらりと見て、聞いた。庭で見た爪の汚れは洗ったのか、取れている。

「さすがに私はこの庭の手入れまではできませんよ。庭師はつい最近辞めさせたのです。それで今日は私が自分で庭仕事をしようと、朝から悪戦苦闘をしていたところです。なかなか掘らなくてもいいと命じた場所の土を掘ろうとしたり、良い庭師ではなかったので。それ難しいものですね。手がこんなに切り傷だらけになってしまった」

襯衣《シャツ》の長い袖《そで》をちらりと捲《まく》った。あちこちに大小の切り傷がついていて痛ましい有様だ。

「薔薇はまだ日本では珍しい花で、ここまで洋風の庭を作る家はそうそうないでしょうから目立ちますし、草だらけにしたり、手入れをしないまま放置するにはしのびない。でも慣れないことをするのはよくないですね。私の世話ではそのうち薔薇も枯れてしまいそうです。すぐに新しい庭師と手伝いが来てくれるといいんですが」

「手伝いましょうかと云いたくても薔薇の手入れはできないです。役立たずで申し訳ない」

へらりと告げると「まさか、初対面の客人にそんなことを頼むわけには」と八原院が笑った。

「とはいえ慥《たし》かに助けが必要そうですなぁ。おひとりでこの屋敷を管理するのは大変でしょう。広いお屋敷だ。不躾《ぶしつけ》ですが、お仕事はなにを？」

「会社をやっておりまして。アワベル株式会社と申します。ご存じないかとも思いますが」

あっさりと答え、益田もよく知っている社名を告げた。

「知ってますよ。いや、僕は買ってはいませんが、ラジオでよく社名が流れています。大会社だ」

女性用の下着を売っている会社である。ＧＨＱ占領期に海外から色とりどりの女性用の下着が日本国内に入ってきた。はじめは基地内の売店などで家族たちに向けて取り扱われていたのだが、いつしか基地の外の百貨店でも揃えるようになっていた。益田には縁のないものだが、名前だけはラジオでよく聞いている。番組の提供をしている企業は宣伝で名前が連呼され、露出している。海外の会社と日本の会社が提携してはじめた企業だと誰かから聞いたことがある。

「慎ましい会社です。ようやく軌道に乗りだしたばかりで皆さんに支えていただかないと立ちゆかない。それでもこうやって知っていただいているというのは、宣伝の成果かな。男の身でどうして女性用の下着売りの会社なんてとたまに揶揄《やゆ》されるのですが、私はああいう綺麗《きれい》なものが戦後の私たちには必要なんだと信じて会社をはじめたのです」

「綺麗っちゃあ綺麗でしょうね。なかなかお目にかかる機会はそんなにないんですが」

「今度、差し上げますよ」

「いやいや。僕がもらっても使い道はないです」

「では関口先生に」

八原院に名指しされ、

「は？　僕が？」

関口があわあわと慌てる。

「関口先生に着ていただきたいという意味ではなく恋人や奥様などにいかがでしょう」

八原院が悪気なさげに無防備に重ねる。自信を持って売っている品物なのだし、女性用の下着を男性が話題にすることに恥ずかしいとか失礼という概念はないのだろう。堂々としているから返事に窮した。

関口が顔を赤くしてうつむいた。

「いやぁ僕なんかは独り身で贈る相手もいませんが、関口先生ならそうですね。奥様がいるから。これからはそういう男が女に下着を贈ったりする時代になっていくんでしょうね。斬新だなあ。——ところで八原院さんもご結婚をされていらっしゃるんですか？」

益田が関口に代わりそう応じる。

「いいえ。私は結婚はしておりません」

「そうですか。僕なんかもね、身の丈に合った慎ましい暮らしですがそれでも暮らしやすく整えるにはけっこう手がかかる。生きていくのは大変です。ひとりでこの屋敷や庭をってのを、会社を経営しながらってのは難しいでしょうね。そうだ。お手伝いさんは何人いらしたんですか？」

話を戻した。

「ひとりでした」

「え。お手伝いさんもひとりでここの管理を？　大変そうだなあ」

「仕事仕事でほとんど家にもおらず日本国内をかけずりまわっているようなものなので、埃《ほこり》が積もっていてもそんなに困ることもないのです。手伝いはひとりいれば充分ですね。

外に出るのがとにかくいまは楽しくて。ずっと閉じこもっていた反動でしょうか」

軽く肩をすくめる。気障《きざ》な仕草だが似合っている。

「……この家は、とおっしゃいましたが。別宅もあるということですか？　詮索《せんさく》するわけじゃないんですすが」

「ええ。もともとは神奈川のほうにいたのですよ。海と山があるそんな田舎です」

「神奈川ですか。僕も神奈川ですよ。どのあたりですか？」

八原院は少したためらってから「Ｉ村です」と小声で告げた。

「小さな村ですし、いまはもう父も母もいないのですがずっと暮らしていた家があります。なかなか離れがたくて——こちらになにもかもを持ってきて暮らしてみようかと思うこともあるんですが」

八原院は室内をひと渡り見回した。いまはじめて自室にあるものを見ているというような検分の目で壁紙や家具を凝視して嘆息する。

「なかなか難しい。そう——難しい」

「そうですか」

何故にどう難しいのかは問わず、益田はただ相づちを打った。

4

少女は蜘蛛《くも》を見た。

窓の外――月は雲の蚊帳《かや》に覆われ錆《さ》びた色の光で淡く輪郭を灯《とも》していた。春先だが天気のせいかうすら寒い夜であった。少女の裸足の踵《かかと》はぺたぺたと絨毯《じゅうたん》の上をすり足で歩く。まだこの屋敷に来たばかりで辺りに慣れない。物の置き場所もわからず頼りない気持ちで意味なく息を潜めた。

硝子《ガラス》越しに見る夜はぬめるような闇だった。月を透かした雲は、生き物の吐息が結露してしっとりと濡《ぬ》れた銀の網を投げかけている。

小用を我慢しきれず寝床から抜け出した。早く用を済ませて寝床に戻りたい。自分にあてがわれたあの小さな部屋に。

少女はこの家の新しい主《あるじ》のことが少し怖い。

これといって怖いことをされたわけではないのだけれど、主が少女を見つめる視線はひどく熱心過ぎていつも少女を居心地悪くさせた。ときには主は少女の手足を不必要なくらいに触り洋裙《スカート》の下に手を這《は》わせたりもした。十歳までは路上暮らしだった少女は、その意味がわからないほど初心《うぶ》ではない。

「温かいスウプを」

主は少女に毎食スウプを飲ませる。

路上では食べられないようなとろりとしたスウプを。

変な匂いがするそれは少しかび臭さもあったがスウプの味そのものは美味《おい》しく、胃が温まり一気に飲んでしまう。でもかび臭さのせいかいつも飲んだ直後は具合が悪くなる。

そして世界はときどき歪《ゆが》む。

歪むようになった。

光はやけにまぶしく人の顔はいつも獣じみて見える。小鼻がいやらしく膨らみ毛穴は大きく拡大しうぶ毛も肌も荒野のようにごわごわと荒れて見える。それまで美しい陶器のようであった主の肌ですらも。

まぶたを閉じると目裏で光が踊り回る。吐き気がする。吐くと胃が空になる。空腹になるとスウプを飲む。とろりとしたスウプを。

窓の外には薔薇《ばら》が猛々《たけだけ》しく咲いている。人が獣に変じ歪んで見えても花だけは美しいまだ。匂い立つように活《い》き活《い》きと目の奥に突き刺さるように瑞々《みずみず》しい色を溢《あふ》れさせ絢爛《けんらん》な美を誇り咲いている。

すがる気持ちで外を見る。

カツカツと音がする。

硝子を枝が叩《たた》く音。

淡い月光に照らされて庭に影が立っている。

薔薇の茂みと獣の、否――蜘蛛の影が。

覆っていた雲がさあっと風で流され月明かりが白く庭に落ちた。歪んだ硝子の向こうで世界は白と黒の雪洞《ぼんぼり》細工の色で瞬いた。光を背にして真っ暗な異形《いぎよう》の影が映っていた。

少女の視界でそれは、ぼてりと膨らんだ下腹部に左右それぞれに四本の手足を持つ巨大な蜘蛛の姿に見えた。

カツカツと音がする。やけに強く耳に響く。窓硝子に触れる薔薇の枝の音と思ったがよく見れば窓硝子にはなにひとつ当たってはいないのだ。カツカツと音がする。少女を召喚するように何度も何度もくり返される。違う。あれは足音だ。

カツカツと靴音をさせて――蜘蛛が――。

※

男は薔薇を見た。

八原院家を訪れた翌日である。

「念のため確認お願いしていいですか」

益田はジョン・ウィリアムスを薔薇屋敷へと誘った。庭仕事の手伝いのふりをしてジョンにも変装させて八原院とは対面せずにすぐに薔薇の美しい庭に足を踏み入れた。

関口は八原院と共に居間で紅茶を飲んでいる。

「関口さんがいろいろと聞いたり話したり……はしないな。いろいろ黙り込んだり言葉に詰まったりしてくれる手はずになっているんで窓の外に貼りついて声を聞いてやってください。はたしてあなたの東京ローズかどうか。あ、その土の色が変わっている部分は先日掘りかえして肥料を撒《ま》いたばかりだから触らなくていいと云われているので注意してください」

居間の窓は開けてもらっている。ありがたいことに天気はよく風が心地よい。

関口は益田が云ったように、いろいろと黙り込んだり言葉に詰まったりしてくれている。相手は必然として饒舌《じょうぜつ》にならざるを得ない。沈黙が耐えられない人であればあるだけ相手の言葉を引き出してくれる。

「どうですか。あの声はあなたの薔薇ですか？」

聞きながら益田はジョンの様子を探った。榎木津の反応からするとジョンは八原院と面識があるはずだった。榎木津に尋ねると「うん。河童さんとバラバラは前に会ったことがある」とはっきりと断言した。しかも榎木津は八原院について「黒薔薇」と発言をしていた。

だが――そこから先を榎木津は云わない。問えば答えるだろうが榎木津の語る言葉はばらばらすぎて翻訳が必要なものになる。

だから益田は、なにかの手がかりを得られるのではとジョンを連れてきてみたのだった。

そもそも榎木津が「視《み》」られる記憶は時系列に沿ったものではないのだった。各自の脳という写真機が撮影した写真を一回ぐしゃぐしゃに交ぜあわせ順不同に手前にあるものを捲《めく》って「視」てしまうため、どういう順番で、いつそれを「視」たのかはこちらが推理して当てていかなくてはならないのだ。真理を「視」るがそれが真実に行き着くとは限らない。

凡人の益田が榎木津の口から零《こぼ》れた言葉をもとに真実に辿《たど》りつくためには、ひとつでも多くの手がかりが欲しい。

ジョンは真剣な顔つきで窓辺に寄って耳を傾けていた。

「いいえ。違います。彼は俺のローズじゃない」

「そうですか。残念です」

益田は告げる。ジョンは悲しげに眉《まゆ》と目を下げる。

その後に続く言葉を益田は待つ。

しかしジョンはなにも云わず、薔薇の木を揺らし、帰りたそうなそぶりを見せるだけだった。

八原院と過去に会ったことはありますかと聞くのは、やめた。云われないことをつつき回す必要をいまは感じられない。

依頼内容含めてジョンにはなんらかの策略や秘密があるのかもしれない。元GHQで、依頼され示唆された通りに調べていくともかく星号の墜落事故の関係者に至るということの流れに益田は懸念を覚える。

「もっと近くで声を聞いてみませんか」

うながしてみるとジョンは怒った顔になった。

「いや。違うのははっきりしてます。だいたいあの人は男です。俺が捜しているのは神に誓って女性のローズなんです。ちゃんと働いてください。時間はもうたいしてないかもしれないんです」

「神に誓うんですか。大層だなァ」

「きみらにとって神は茶化せるものかもしれないが俺にとって神はそういうものじゃない。

──確認はしました。もういいですね。俺は帰ります」

「薔薇の世話をしていってくれたりは……しないですね。いや、いいです。それは僕がなんとか適当に」

ジョンの立ち去る背中を眺め益田は独白を漏らす。

「嘘をつくときに怒ってしまう人っていうのはたいがい善人なんだと思いますけどねぇ。僕《ぼか》ァ」

ジョンは学生のときに精神医学を専攻していたと云っていたが、学んでいたとしても心の動きを他者に悟らせないような態度を貫くのは難しいのだろうか。

ジョンはどうやら何かを隠している。

と、益田は感じている。

さてどうしたものかと腕組みをした。

※

「助けてください」

保護した青木にそう云って泣いた少女は以降しばらく口を噤《つぐ》んでいた。榎木津のところに連れていっても同じだった。榎木津に会わせたのは少女の精神を安定させるためには逆効果だったのではと青木は反省をしていた。

それでも時間が経ち、腹に食べ物を詰め込んでひと晩眠りについたあとで少しずつ自分の置かれた境遇について話しだしたのだ。

「蜘蛛《くも》を見たんです。人喰《ひとく》い蜘蛛です。このままでは私が食べられると思って逃げだしました。でも逃げたところで私には行く当てなんてないんです」

子持ちの夫婦ものの刑事の家でひと晩面倒を見た。似た年頃の子どもらと遊び、食べ、眠ったことが少女に良い影響を与えたのだろう。保護されるに至った事情を話しだしたと聞き、乗りかかった船だからと青木も捜査の合間に少女の告白に立ち会った。

夢物語か幻想小説かそんな類《たぐい》の話に聞こえた。

少女はかつてその日暮らしの路上生活者であったのだと云う。政府が手を差しのべて浮浪児たちは町から少しずつ消えていった。施設へと保護されそれぞれの生活を与えられた。

施設によっては厳しい環境になる場合もあるが、そこは運と相性だ。それまでを子どもなりの知恵とすばしこさで自由に生きてきた者たちには、いっぱしの気概も生まれていた。施設の管理が意に染まないと飛びだして、見つからないように転々と暮らし育つ者たちもいる。

浄化したいと一掃するお上と、逃げだしてまた路上に巣を作る者たちとのいたちごっこが日々くり返されている。

自分ひとりの力で立って好きに生きたいからお上の手出しも保護も無用だと啖呵《たんか》を切った挙げ句、愚連隊《ぐれんたい》の一員になったりやくざ者の組に入ったり売春宿で身体を売ることになったりという結末が待っていることも多い。

だが、青木にはどうすることもできない。

できないのだが――。

目の前でひとりの少女が泣いているのだとしたら、そのたったひとりに手を差しのべることはできるのだ。

保護したときと違い少女の作り物めいた気配は消えている。黒光りするようだった目が涙でじわりと滲《にじ》み、力を失っていた。そうしているとまだ随分と幼い子どもなのだと知れる。

「蜘蛛ってのはあの蜘蛛のことかい？　蜘蛛の巣を張る？　人喰い蜘蛛なんてそんなもん

はいるはずはない」

「でも見たんです。私は。私を拾ってくれた屋敷の人は最初はとても優しい人だったんです。そりゃあ綺麗《きれい》ないい人で……でもずっと過ごしていたらなんだか薄気味悪く思えてきて。最初はよく転ぶようになったんです。なにもないところで突っかかって転んで……それからだんだん歩かなくなった。私が見ている前では」

主《あるじ》というのは老いているのかと思いながら聞いた。年老いて身体が動かなくなってきたということだろうかと。

せっかく話しだしたのだから質問を重ねるより溜《た》まっているものを一気に聞こうと、ただ相づちを打つ。おとぎ話のような話でも馬鹿にせずに先を促す。青木がいま子どもにしてやれることはその程度だ。

「それで?」

「綺麗だった顔がどんどん獣みたいに見えてきて……。それにおかしいんだ。主はすごく早く動く。人じゃないよ、あれは」

「早く動くって? さっきは歩かなくなったって云ってなかったか?」

「見てる前では歩かないんだ。座ってる。でも私が見てないところでは動き回っている。屋敷の二階で私が仕事をしているでしょう? 階段を降りて下に行くんだ。そうしたら主が私より先に階段下に着いている。そんなはずないんです。そりゃあ広い屋敷で——しかも広い屋敷だけど階段はそこひとつしかないから——動けるはずはないんだ。二階で座っていた主が一階にも座っていて、辿りついた私にスウプを勧める」

「スウプ？」

「座ってたのは台所だったから。とろっとした少し黴臭《かびくさ》いスウプを、主は毎日決まって飲むの。それで、ある晩、主は月の光を浴びて人喰い蜘蛛になったんです。私は見たんです。見たんですってば！」

癇癪《かんしゃく》を起こしたように語調が荒くなり、最後は大声になった。

「次に喰われるのは私だろうってわかったんです。わかったから逃げてきた。逃げてきたんです!!」

そのまま、わっと弾《はじ》けるように泣きだした。

青木はどうしようもなく少女の肩にそっと触れた。びくりと竦《すく》んだが、少女はすぐに身体を弛緩《しかん》させた。青木を見上げ、

「怖かった。怖かったんだよお」

と訴える。青木はそのまま少女が泣きやむまで背中を撫《な》で続けたのだった。

青木にはわけが解らなかった。

最終的に少女を引き取ったのは渋谷にある保護施設の責任者だ。当人がもともと路上生活者だと申告しているし、親族などの身よりはないと云っている。いままで暮らしていた場所には帰りたくないと泣きじゃくる。なにより詳しく聞いても夢物語のような言葉しか出てこない。

人喰い蜘蛛に数年養われ、このままでは喰われてしまうと知れたので逃げてきた。

「蜘蛛？　なんだそりゃあ」

案の定、青木の話を聞いた木場は渋面を作った。

刑事部屋で木場は茶を飲んでいる。木下も湯飲みを抱え、青木の話を聞いている。長門は神経痛がひどくて休みなのだそうだ。いつも長門が新聞を広げている机の上は湯飲みもなくからんと平らだ。

蜘蛛という言葉は験が悪い。ついこの間、蜘蛛にまつわる事件で人死にが出たばかりだ。連続目《め》潰《つぶ》し魔事件の捜査をしたのも木場たちである。

「あの年頃の子どもは悪い夢と現実が混じることがあるからと保護施設の人が云ってましたよ。おおかた変な話を大人の誰かに聞かされて、立て続けに怖い夢でも見てそのまま夢に惑わされたんだと思いますが」

「惑わされるのはこっちもだ。あれだろう？　神保町の馬鹿探偵がそいつにいろいろ云ったんだってやつだろう。なんでまたてめぇも碌《ろく》でもないことしたんだか」

「ご存じでしたか」

木場には内緒に連れていったのに、早耳だ。怒られるかとちらりと様子を見る。木場の強面《こわもて》に一瞬だけ憂いが過《よ》ぎったように見えた。

「存じるも存じないもねぇよ。あれが交じると騒動になるのがいまだに身に染みてねぇのかよ。しかもあいつはあてになんねぇにも程がある。あいつの意見を聞くなんざ自分から嵐の海に飛び込むみたいなもんだぞ」

下手にごまかすのも謝罪するのも違う気がした。青木は頭を下げて「そうですね」と同意する。

嵐の海に飛び込んでみたのだと、漠然と青木もそう理解している。

榎木津と木場は長いつきあいだと聞いた。家が近所の幼なじみだったのだそうだ。深くは知らないが木場の家は石屋だと聞いたことがある。旧華族の家柄で幾つもの企業を経営している榎木津と木場が、家が近所だからというだけでどうやって知り合ったのか、そうしてどうしてずっとつきあい続けているのかは青木には窺《うかが》い知れぬものがある。あえていうならたぶん——馬があうということだろう。

榎木津と木場は会えば云い争いもしときには取っ組み合いの喧嘩《けんか》もするが、それでも互いに相手を認めあっている——仲に見える。表層は別としても芯《しん》のところでは似た者同士なのではないかとも感じることがある。

青木からしてみれば榎木津も嵐だが、木場だって嵐だ。

木場の熱さは伝播《でんぱ》して、青木は何度か木場の捜査に巻き込まれ共に上からお咎《とが》めを受けた。

「でも僕は榎木津さんの話を聞きたかったんですよ。榎木津さんは薔薇《ばら》の話をしていました。それから『鳩だね。鳩娘！　鳩なきみは戻らないほうがいい。戻ったら死ぬかもしれない。忠告はするよ。きみは別に悪くはないからな！』と。それを聞いただけでも良かったような気がしています。戻ったら死ぬかもしれないのなら、あの子は戻さない。そういう方針だけは決めることができたから」

探偵は真実しか告げない。榎木津が「戻ったら死ぬかもしれない」と云うのなら、少女を戻したら死ぬ可能性が高いのだ。

「無駄に子どもが死ぬのは嫌ですから」

つぶやいた本音に、

「当たり前《め》ぇだ！　馬鹿」

ふんっと鼻息を荒くして歌舞伎役者が見得《みえ》を切るようにカッと目を見開き木場が云う。

放り投げた球をかきんと打ち返す云い方がいつもながら小気味いい。

罵倒台詞《ばとうせりふ》だが温かい。木場の言葉にはいつも木場自身の体温が籠《こ》もっている。木場本人にはたぶん自覚はないだろうが。

いまだ未婚で女性の相手が苦手だと自他共に認めている男だが、これでいて水商売の女性にはめっぽうもてる理由のひとつがそれだろう。

「ところで昨日のバラバラの鑑識の結果出たんです。聞きましたか？」

「ああ」

仏頂面で木場が応じた。

腐敗の具合によると死後三日前後と考えられる。死因は腕だけでは不明のままだ。他殺とも自然死ともつかない。年齢は腕の長さなどの所見から十歳前後で、切断箇所の様子から生前ではなく死後に切断されたものと推定された。

「三日前までに行方不明になった十歳前後の子どもはあの近辺では届け出はなかったんですよね。都内でもありません。その後、犬も行方不明で見つからないみたいです」

死後の切断が唯一の救いだ。

「犬はどうでもいい。どっから掘ってきたか尋ねてもわんとしか答えやしねぇだろ。犬を目撃した人間に話を聞くのが一番だ。しじゅうあの近辺をうろついている野良犬だとよ。茶色い犬ってだけなら犬違いってのも人違いよりゃあ多かろうがそれでもよ」

少し高めの声で木場がまくしたてる。

「だとしたらあのへんから掘りかえして来たんだろうよ」

「行方不明の届けなんて出されないままの子どももまだ都内にいますからね。身元の判明は困難かもしれないなあ」

木下が云う。

「ああ。それに三日前てだけじゃなくもっと前からも考えに入れといたほうがいいらしいぜ」

木場が応じた。

「え？　監察医の見解じゃあ三日前だってんでしょう？　腐敗の具合もだいたいそんなもんだった」

死体を見慣れているのは仕事柄ではない。戦争のときによく見たからだ。戦時も戦後も人はよく死んだ。殺される相手と理由が違うだけだ。

青木の問いかけに木場が応じる。

「変態監察医がな、保管状況に応じて死体の腐敗は変化するなんてぬかしやがるからよ。可能性の問題だがそれも考慮しろってよ。実際そんなこともあるにはある。奇跡的に保存に適した温度と湿度ってやつか？」

木場が変態だなんだとあげつらう監察医となると里村紘市《さとむらこういち》だ。温厚で笑顔を絶やさない外科医だが解剖がなにより大好きで死体が出ると自院の患者を放置して駆けつける男だ。

「そういえば」

青木は思い返して、うなずいた。かつて環境が最適化したがゆえに美しい死体になったという亡骸《なきがら》を見たことがあった。あのときは青木は木場の相棒だった。

「切断面からして斧《おの》かなんかでためらいなくぶった切ったんじゃねぇかと云いやがる。それと犬に喰われた跡もあるが、別に腕の一部が小さな刃物でくるっと切り取られてんだとよ。それも妙に綺麗な切り口で。死因は不明としてもその後死体に誰かがなにかの意図を持って手を入れたんだ。死体の一部をわざわざ切り取った。変態だよ。ド変態だ。変態がいるっていうことだけは注意しとくに越したこたぁなさそうだ」

「変態ですね。嫌な事件だ」

木下が相づちを打ち、

「嫌じゃねぇ事件なんてねぇよ、馬鹿」

木場に即座に言い返されて首をすくめてお茶をすすった。

「殺しだったら殺人罪で、自然死でバラバラなら死体損壊等罪ですね。あとは死体遺棄か」

木下が云う。

死体損壊等罪になると青木たちの仕事ではなくなる。殺人や強盗といった強行犯を扱うのが捜査一課だ。

「ああ。そっちなら俺たちは関係ないってことになるな」

木下の言葉に青木はうなずいた。

ぬるくなった茶を飲み終えて木下は自分の机に戻り溜《た》まっていた書類を取りだして片付

けだす。

　木場はひとりぼんやりと空になった湯飲みを手のなかで回している。

「関係ないことには関わってちゃあ駄目ってことになるのかな」

「うん？」

　青木がつぶやくと木場が青木へと視線を向けた。

「駄目ってこっちゃねぇだろ」

「僕の管轄の事件じゃなくなっても気にかけて動いてもいいもんなんでしょうか」

「知らねぇよ。誰にもの聞いてんだ。俺にそんなこと聞いて参考になるわきゃねぇだろ。それともそりゃあ独り言か？」

「独り言です」

　木場が「ふん」と鼻を鳴らした。

「独り言くらい独りで吐けよ」

　それでもいつものように体温の籠もった声をつなげる。

「——俺はいつでも俺の好きに動いてるぜ。知ってるこったろ？　おまえもおまえの好きにしたらいい。無茶はしないにこしたことがねぇがよ」

　誰よりも無茶な先輩刑事にそう云われ、青木は「ふふ」と小さく笑った。

四六時中忙しいが四六時中駆けずりまわっているわけでもない。事件と捜査の合間には上に提出する書類を山のように書いている。あるいはたまに聞き込みとして街の有力者や情報提供者たちのところに顔を出す。

調べてみた行方不明者の名簿の手を広げると——十歳の少女が神奈川で消息不明になっていた。神奈川は青木の管轄外だ。

青木は京極堂へと向かう眩暈坂の途中、頬に当たる風の匂いの青さに初夏を知る。肌に触れる夜の気配は柔らかい。冬でもなく春でもなく夏でもなく、ただ初夏だ。

ここのところは大きな事件の捜査が続き、気ぜわしく過ごしているうちに季節は巡り、あっというまに春が終わっていた。

季節の変わり目を感じることのないまま気づくと景色と風と空の模様が変化している。

少女を保護し、少女と別れて三日目の夜である。

いつのまにか見慣れてしまった京極堂の手書きの看板をちらりと見上げ、店の横から中禅寺家の玄関へとすり抜けていく。

中禅寺の妻の千鶴子《ちづこ》が「いらっしゃいまし」ともてなしてくれた。

玄関の沓《くつぬ》脱ぎに靴が何足か揃っている。

「来客中ですか」

遠慮してそう尋ねると千鶴子は、

「ええ。榎木津さんと益田さんと関口さんがちょうどお食事を終えたところですよ。青木さんお食事は？」

と優しく告げた。

馴染《なじ》みの名前にほうっと吐息を漏らす。知り合いたちが今夜は京極堂に集っているようだ。

「どうぞ僕のことはおかまいなく。でももしかして皆さんこみ入ったお話をされにいらしているのかな。だったら僕は今夜は遠慮して出直してきたほうがいいでしょうか」

「大丈夫ですよ。皆さんは薔薇《ばら》のお話をされていましたよ。それにこみ入ったお話のこみ入っている部分はたいていあの人が解《ほど》いてしまいますもの。こみ入っていないお話のときはあの人が逆に複雑怪奇にまとめてこみ入らせてお返ししたりもしていますし」

あの人、とは中禅寺のことである。

「なんだか申し訳ないです」

「あの人はそういうのが好きなんですよ。口では文句を云うけれど結局はなにもかもを引き受けてしまうの。最初から素直に手伝いますって云えばいいのにそれは云えない人なんですよ」

でもそこがいいんですと云いたげに千鶴子がくすりと笑った。もとから綺麗《きれい》な細君であるが、中禅寺のいない場所で中禅寺について内緒事のようにひそりとささやいて微笑む様子は少女めいて可憐《かれん》に見えた。高度な惚気《のろけ》を聞いた気がしてまだ独身の青木は狼狽《うろた》えて視線を彷徨《さまよ》わせた。

そうして引き返しそびれて思わず青木はそのまま上がり込んでしまったのだった。

奥の間から声が聞こえてくる。益田の声だ。

「——それで依頼人のジョンさんを庭師としてこっそりと八原院家に入れるついでに、やっぱりこっちはこっちでこっそりと大家さんのお手伝いの方にも遠目ですが面通ししてもらったんですよ。お手伝いの女性は『懐かしいお顔ですね。マイクさんまた日本にいらしたのですね』と後で確認しにいったら云うわけですよ。ジョンさんはジョンさんじゃなくてマイクさんだった。マイク・ミラーだっていうんだから困りましたよ。依頼人からして偽名を騙《かた》っていたんですねぇ」

対して、聞き取りづらい声が応じている。こちらはなにを云っているのかよく解らない。もごもごした話し方はおそらく関口のものだ。

「そうなんですよ。関口さんの云う通りなんですよ。八原院のほうは本名でしたよ。神奈川にあるという家も見てきました。なぁに、登記簿ってのは誰でも勝手に取って見ることができるんですねぇ。お役所が出す他の書類とは別で本人以外でも勝手に閲覧可能なんですよ。だから行ってきて登記簿を取りましたよ。実際に足を運んでもみたが薔薇の庭って

のは見えなかった。山にも海にも近い場所で、山の麓《ふもと》にへばりつくみたいにして建ってい

るせいで、庭の片側は建物が囲んで、もう片側は山に遮られている。登山をしたら薔薇は

見られたのかもしれないが、平地の外側からは屋敷しか見えなかった。それはそれとして

不穏なのは窓にみんな鉄格子がはまっているんですよ」

「鉄格子？」

少し大きくなった関口の声が青木の耳に届く。

「もとからあった村は廃村で——どうしてそうなったかは解りませんが人っこひとりいな

くなってた。八原院の父親も母親も戦時中に亡くなってますね。当時のことを知っている

のは唯一かつて村にいたと云う医者で、母親についても言葉を濁しながら教えてくれた。

顔は綺麗だがちょっと頭がアレだったらしいです。戦争や国が違うのは無関係で、それで

閉じ込められてたんだなァ。ふらふらと外を徘徊《はいかい》しては男を惑わすそういう女だったそう

で。閉じ込めるしかなかったらしい」

益田の口はよく回る。いつでも軽く、絶好調だ。

「お邪魔いたします」

声をかけてから奥の間に入ると中禅寺は床の間を背にした定位置で仏頂面で綴《と》じた紙束

のようなものを手にして座っている。榎木津は部屋の端に長く寝そべっている。目を閉じ

ているから寝ているのだろう。益田が青木を見て軽く会釈して寄越した。関口は背中を丸

めていて青木からは表情が見えない。

空いていた中禅寺のはす向かいの端の席に座ると千鶴子が湯飲みを持ってことりと青木の前に置いた。

「本当に僕のことはおかまいなく」

「ちょうどお茶を淹《い》れるところだったんですよ」

千鶴子が応じた。全員分の湯飲みを置いてするりと部屋を出ていった。

中禅寺の細君は美人で性格もよく淹れる茶が美味だ。細君がいないときは中禅寺が淹れる色すらもついていないような出がらしの茶を飲むことになる。

「皆さんは、なにか相談事でもあったんですか？　盗み聞きしたわけではありませんが登記簿を取ったのがどうとか鉄格子がどうとかいう話が聞こえてしまいました」

青木は挨拶《あいさつ》を終えてからみんなの顔をひとわたり見渡して聞いた。

「相談事があったんですけどもうひととおり話し終えました。登記簿と鉄格子はおまけです。うちの探偵は僕の話が退屈だと途中で寝てしまいましたし、中禅寺さんは詳細がとっくに解ってるのかもしれないですがだんまりだ」

益田が云う。

「まだ解っていないから云わないだけだ。嚙《か》み合わない箇所がいくつかある」

中禅寺が険しい顔で告げる。

「いくつかどころじゃあないですよ。東京ローズが実は男だったならカストリ雑誌だって驚きだ。でも榎木津さんはあの人がローズだって云い張るし、こっそり依頼人にあの人の声を聞かせに連れて行っても頑《かたく》なに『違う』と云うし、依頼人は偽名だしで、手詰まりですよ」

「だから榎さんだって完璧《かんぺき》じゃない。たまには間違うこともあるから」

ぼそぼそと関口がつぶやくと、

「違うよ。関口君。榎さんは間違ってはいない。まがりなりにも探偵なんだよ。榎さんは」

中禅寺が云う。

青木は黙ってみんなの語らいを聞いている。

「じゃあ京極堂は東京ローズが八原院だって云うのかい？　中性的な見た目だったが男だぜ。声も、たしかにああいう声の女性はいるだろうがっていうくらいにはしゃがれた女声に聞こえもしたが、入手した東京ローズの声とは似ても似つかない。僕は益田君と二人でテープを聞き比べたんだ。違ったぜ」

関口の訴えに益田が強くうなずいている。中禅寺は紙束をぱらぱらと指で捲《めく》りながらふたりの訴えを聞いている。

「すべてのテープが保管されて公開可能なわけじゃない。たまたま確認可能な声のなかに一致するものがなかっただけだ。なかったことにされてしまった声もあるのさ」

「なんでそんなまるで自分は当時から聴いていたから知っているみたいなことをきみは……あ、そうか。京極堂、もしかしてきみはゼロ・アワー放送を聴いていたのか？」

「聴ける立場にいたということだけは答えておくよ。だがそれはこの際重要なことじゃない」

「重要だよ。京極堂。だったらきみは最初から真相を知っていたってことじゃないか。ひょっとして八原院ときみは面識があったのかい？　きみにはそういうところがあるからなあ。もしそうだったら、今回のこれは全部きみにとっては端《はな》から謎でもなんでもない人捜しで、なのに益田君と僕はしなくてもいい調査で都内をうろつきまわらされたことになる。ひどいじゃないか」

「八原院氏には会ってはいない。その名前だけは知っているし、神奈川の薔薇屋敷にも行ったことがある。でも僕が神奈川に出向いたのは東京ローズ捜しとは関係がないからきみたちに告げる必要はなかろうと、告げなかっただけだ。薔薇の妖精《ようせい》というのが西洋にはあると云うがその妖精を呼び出すことは可能かという相談が八原院の名前でうちに来てね。八原院郁の会社は成長めざましい優良企業で、あいだに入ってくれた紹介者には僕も何度か世話になった人だから、断るにしてもある程度は踏まねばならない形式というものがあったんだ。それで神奈川の屋敷まで行って来た」

「ああ、それは紙相撲の日のことだね。あれは妖精に会いたいなんて依頼だったのか。きみはそれを引き受けたのかい？」

「お断りしたよ。僕は榎さんと違ってそんなことにおもしろさを感じる回路は持ち合わせていないんでね。それによく聞けば妖精に会いたいというだけじゃなく、薔薇の妖精に本人がなりたいのだという依頼だった。憑物《つきもの》を落とすことはするが取り憑《つ》かせるのは僕の仕事ではないからね。僕向きではなくそれは医者の領分だからもし受診する意志があるなら良い医者を紹介いたしますとお伝えして帰って来たよ。だいたい呪ってくれとか取り憑かせたいとか死んでしまった誰それに会わせてくれとかそういう依頼を持ち込まれても困るんだ。人を呪わば穴ふたつだ。それより……ああ、ほら、これだ。やっと見つけた」

中禅寺が読んでいた紙束から顔を上げそれを机の上に置いた。

「ウィリアムスという名に聞き覚えがあって気にかかっていたから調べていたんだよ。ジョンではなかったしアメリカ人でもなかったな。イギリス人のフルフォード・ウィリアムス。日本に捕まった俘虜《ふりょ》のなかで、謀略宣伝放送の日の丸アワー放送の協力を蹴《け》った人物だ。陸軍からの『無益な戦争の終結のために大日本帝国陸軍に協力せよ。協力を拒んだ者の命を保証せず』の提案を断った者のほうが少なかった。その拒否した側のひとりだ。ここに名前が載っている」

「それはどういう資料なんですか？」

益田が身を乗りだして聞いた。

「たいしたもんじゃない。東京ローズは裁判になっているからいくつか資料が出回っているのさ。当時、東京でやっていた謀略宣伝放送には三つの番組があったんだ。東京ローズはゼロ・アワー放送で、時期を前後して俘虜集団による日の丸アワー放送も開始している。もうひとつはカズンスという少佐によるニュース解説放送だ。作戦内容からして関係者には陸軍中野学校の出身者が何人か入っている。陸軍中野学校は若い将校に諜報《ちょうほう》や宣伝、策略を教える学校でもあったからね」

関口が「ああ、中野の。だからきみはローズの声を聞いたことがあるのか」と重たいため息を漏らした。中禅寺がちらりと関口を見やる。関口がうつむく。

「放送に協力した俘虜たちは、駿河《するが》台《だい》の文化《ぶんか》学院《がくいん》に収容されていた。放送は昭和十八年に開設された参謀本部駿河台分室の責任のもとにはじまっていたはずだ。慥《たし》か『駿河台技術研究所』というどうとでも取れるような看板がかかっていたな。俘虜がそこにいるのも秘密だったから。なにもかもが国民には秘密裏の放送だった」

陸軍中野学校の将校たちは、と中禅寺が続ける。

「卒業時には生家の戸籍を抜けて新しい戸籍をもらうこともあった。姓を変え、顔を変え、戸籍を変えて、本来の出自を消して新しく生き直すことを余儀なくされた者もいる。もとの名前など誰も知らない。そういう卒業生が何人となくいる。中野学校から新戸籍をもらった人間は、華園小路が実は八原院葉子であったなどと変名をたやすく突き止められるようなことはないよ。完璧に偽装し別の人生を生き直す」

　中禅寺の指が紙束を捲る。次の頁には写真が一枚挟まっている。

「写真も頼んで用意してもらった。益田君、このウィリアムスが依頼人のウィリアムスと同一人物かい？」

　益田は写真を手に取りしげしげと見た。

　すだれのような前髪のあいだでつり目気味の目が細められる。

「いえ。違います。……禿《は》げさせたら……髪があるから違う人に見えるのかな。いや、禿げさせても違うなァ。うん。違いますね」

「そうだろうね。なにせジョンだ。日本人が手抜きの偽名を名乗るときに太郎と名乗るようなものだな。ジョン・ウィリアムスと云われて随分と偽名のような名前だから逆に本名なのかなと考えたりもしたが、結局、偽名なのかもしれないね。それに名前についてはこの際本当にどうでもいいことだから」

「どうでもいいんですか？」

「ああ。最初から胡散臭《うさんくさ》い依頼人だったじゃないか」

「そうですか？」

「そうさ。だいたい、依頼人が来たときに『武蔵野連続バラバラ殺人事件をはじめとするいくつかの難事件を解決した』と榎さんを称して云ったと益田君は話していたが」

「ええ。云いました」

「あの事件を解決した時期には、もうGHQは解散している。後始末や事務処理をして帰国したとしても、その他の、榎さんの解決した事件すべてを把握しているのは日本に知り合いがいるか常日頃日本の事件を海の向こうでも注目し続けてあえて拾いあげようとしなければならない。そりゃあ日本国内では榎さんの名声は轟《とどろ》いている。すべての事件で榎さんは活躍はしているが捜査も推理も一切していないのに、いまや日本の名探偵としてその名が国内に轟いている。でも世界ではさすがに……」

「世界でも轟いているかもしれないじゃないか。榎さんだから。探偵としてじゃなく奇人変人伝説として東方にこういう奇人ありと、伝説になっていても驚きはしないよ」

関口が口を挟んだ。中禅寺が器用に片眉《まゆ》だけを上げて見せた。

「そうですね。轟いていてもおかしくはない。うちの先生のことですから」

益田も八重歯を零《こぼ》して笑い、軽く同意する。

「だろう？　益田君」

「いやいやそんな真顔で強く云われても反応に困るなァ、関口さん。僕のはその場しのぎの軽い相づちみたいなもんですよ。相づちに軽いも重いもないですが下手に同意したいまのを探偵が夢うつつで聞いていたらむくっと起きて僕ら二人してお仕置きですよ。しっ。そういう話は静かに」

益田が唇にひとさし指を置いて関口に神妙に告げる。関口は「む」とか「ぐ」とかいうようなひと言を返し無言になった。

「それより……じゃあ中禅寺さん。八原院が東京ローズなんですか？　榎木津さんが云っているとおりに？　もしかしたら中野学校の卒業生？　陸軍中野学校から駿河台分室のゼロ・アワー放送を手伝いにいき、戸籍も姓名もなにもかもを新しくして——性別ですら変えて——？　いや、だけどジョンさんは八原院さんのことは東京ローズではないと云っていた。ああ……」

解らないと益田がうめく。

「八原院葉子のもく星号の事故はだったらどうなるんです？　僕は調査の途中から、そっちを疑っていたんだ。東京ローズ捜しは実は偽の依頼で本当は八原院葉子が飛行機に持ち込んだ宝石とその行き先をジョンさんが捜してるんじゃないかと」

「なんでそんなふうに思ったんだい？」

中禅寺が呆《あき》れた口調で益田に聞いた。

「ジョンさんはいろいろな情報を得て、知っていた。自力で東京ローズ捜しができたんじゃないかと僕《ぼか》ァ思うんですよ。元GHQで人脈もあるし金もそこそこありそうで情報も手駒も揃っているみたいなのに、なんで態々《わざわざ》薔薇十字探偵社なんだって、調査をしている途中途中で疑問になったんだ。僕はそれって個人では対処しきれない大きなものを隠しているせいじゃないかと思いまして」

写真を、と益田が続けた。

「写真を見つけてしまったんです。もく星号の墜落の事故現場の写真を一枚、伝手《つて》を辿《たど》って見せてもらえた。その墜落事故の写真に写っていたのは傷のない鞄《かばん》だ。たぶん華園小路葉子が持ち込んだ宝石の入った鞄はそのあとなくなったと聞きました。噂でしかありません。でも噂だって火のないところには立たないんだ。あの事故は詳細が不明すぎる。当時の報道も上層部から制限をかけられたかのような曖昧《あいまい》なもので、誰かが無理に火消しをしたかのようだった。実際、華園小路という被害者の名前も二回ほど報道されたきりですぐに消えたんです」

「彼女が一般人だったからだろう。もく星号には財界人と芸能人と政治家が乗っていた。そちらの報道に重きを置いた。報道としてはあるべき形だと思うがね」

「そうでしょうか。調べてみて浮かんだ疑念がどうにも消えなくなった。宝石を奪うためにそれこそGHQや米軍が仕掛けた事故で、依頼人はそれを知ったうえで華園小路葉子の残りの宝石をさらに奪おうとしているとか……あるいは当時の軍部の計画をいま民間が暴こうとしているとか……そういう……」

「穿《うが》ちすぎだよ。もく星号のその写真なら僕も見た。きみにしろ僕にしろ、一般人が見られる類《たぐい》の写真にはそんなに重要な秘密は残されていないと考えるべきだ。本当に見られて困る情報は僕らの手の届かないところにある。だからいまの僕らに見ることが可能な写真はそこまで深読みするほどの写真ではないと思っていいよ」

「じゃあなぜあの写真は公開されなかったんですか？　衝撃的な写真でしたよ。あれは。大衆が飛びつきそうな写真だ。飛行機の残骸《ざんがい》と遺体と米兵。遠くに米軍のヘリコプタアが点みたいに写っている。事故の悲惨さがひと目で伝わる。僕が報道記者ならあの写真は即採用で記事にします」

「だからさ。衝撃的にすぎたのさ。あの事故の詳細はすべて公になっていない。理由はともかく隠したいことがあり、早くみんなに忘れてもらいたい事故だったんだ」

「だったらやっぱり」

益田が息を飲んで云う。中禅寺が静かに告げる。

「隠したいとしたら事故当時の無能の隠蔽《いんぺい》だと僕は思っているがね」

「無能の隠蔽？」

「ひとり――もしくは複数の誰かがしてはならない間違いを犯した。ひとつひとつが注意不足の些細《ささい》な間違いでもそれが同時にいくつか重なれば大惨事になる。もく星号に関しては確実に管制塔は注意不足の間違った指示を出し、その間違いを糾弾されたくないから記録は絶対に外に出さない。人の記憶にも残したくない。権力者は自分たちの側の過ちが大きければ大きいほどなかったことにして後年に残さないように配慮する。そういう事件だ」

「なんだかやりきれない話ですね」

青木がぽつりと云った。それまで黙っていた青木の漏らした声に、益田がはっとしたようにして青木を見た。

「そうですよ。やりきれない話だ。じゃあ事故の後の、鞄と華園小路葉子が飛行機に持ち込んだ宝石が消えたという噂の件はどうなるんです？」

益田が青木に後押しされたかのように勢い込んで云う。

「鞄と宝石にまつわる噂話も知っているよ。ただし飛行機を墜落させて宝石を奪うなんて非効率なことは軍はしないだろう。よほどうまく誘導して山にぶつかる角度や速度を計測したとしても、空中で鞄が破壊される可能性はゼロにはならない。どこに墜落するかの計算も難しい。鞄が壊れなかったのは本当の偶然で、あれは計画的な墜落ではなかったと僕は見ているよ。宝石がその後、なくなったのかについては関知することではないがね。軍部と米兵が事故現場の確認ついでに持っていったという噂になると、そちらは否定も肯定もできないな。噂は噂だと云うだけだ」

「そうですか。事故は計画ではなく偶然か」

益田は肩を落とした。嘆息し指に挟んでいた写真を置いて、湯飲みを手にして茶をすすった。

「なんだ。僕はもっと大きな事件を想定して無駄に肩に力が入るところでしたよ。もく星号の事故がからんできたのも偶然ってことですね」

言葉とは裏腹に一切力みのない云い方で益田が続けた。

「じゃあアレですかね。ジョンさん——マイクさんらしいですが、僕にとってはジョンさんなんで、ここはジョンさんで押し通しますがね——ジョンさんがいろんな情報を持ちながら自力で調べないで薔薇十字探偵社に来た目的は……本当にうちの探偵が無茶苦茶だという高名が鳴り響き、なにもかもをぐちゃぐちゃにしてもらいたくて依頼に来たなんて理由だ……なんて笑える話だったり……」

益田の前髪がはらりと斜めに揺れた。

「……あるかもしれない。むしろ、あるのか。探偵の不思議な能力もとっくに調査済みで依頼にくるなら。だけど中禅寺さん、うちの探偵は『河童《かっぱ》さんを助けてやれ』と僕に云ったんです」

益田は眠る榎木津をちらりと見た。榎木津の胸は規則正しく上下している。

「それなら僕も聞いたよ。榎さんは終始一貫して『助ける』と云っていた。東京ローズを助けるんだとね。捜してやろうとはひと言も云っていない。さっきもだ。途中で榎さんは退屈だと云って寝てしまったが。それできみたちの会話はぐるぐるとすれ違っていた」

中禅寺が云う。

「どっちにしても依頼人は八原院さんを東京ローズとは認めませんよ。実際、声を聞いてもらったのに認めなかった。人捜しが今回の主軸なんだ。依頼してくれたジョンさんが納得しない限り事件は解決しない。だったらどうしたらいいんです？」

おもむろに関口が口を開いた。したり顔の常識人ぶった口調で益田に告げる。

「謝罪して手を引けばいい。益田君は、事件が未解決で調査が打ち切りになった場合でも調査に使った諸経費の実費はいただきますと事前に伝えているって聞いたぜ。そういうところはきみは手抜かりがない。だったら事件から手を引いても困らないさ」

関口の指摘に益田が口ごもる。

「そりゃあその手もありますけどねぇ」

「すべての話を総合すると、依頼人がそもそも隠し事をして嘘をついて依頼してきたんだろう？　偽名で依頼だなんて端《はな》からおかしな話じゃないか。相手の意図もよく解らない。本当に人捜しが目的なのかもこうなってくるとあやしいじゃないか。だったら益田君ひとりが貧乏くじを引いて苦労する必要はないように思う」

どうしてか関口は他人のことだと突然明晰《めいせき》になったりもするのだった。

「僕はずいぶん貧乏ですけど、貧乏なんて書いているお神籤《みくじ》はいまだ引いたことはありません。だいたい吉とか小吉とかですかねぇ。半端なところをいつも引く」

関口の言葉に益田がのらりくらりとした返事をする。

前髪が邪魔をして細かい表情は見えない。それでも青木には益田が浮かない顔になっているのが解った。仲がいいわけではないけれど互いの置かれた立場ゆえに推察しやすい心境というのがある。

たとえば青木が、木場にまかされた事件をひとりで追いかけていたとする。諸事情がからんでその事件の解決が宙に浮き、木場はなにも云わないとしても周囲が「やめてしまえ」と云ってきたとする。事務や金銭の部分では支障なく手を引ける状況であったとしても、青木は首を縦には振らないだろう。

もし木場自身が「やめてしまえ」と命じたとしても、おそらく青木は自力で解決できなかったことをずっと心の底で不本意で不満なまま引きずり続ける。

「……僕もです」

青木がぼそりとつぶやいた。思いのほか青木の声は空気に馴染《なじ》んだ。

視線が青木に集まって、青木は湯飲みを両手で囲んでくるくると回しながら益田に笑いかけた。

「だいたいいつも吉とか小吉とか末吉とか半端なところを引くんです。大吉が出ないならいっそ大凶でもいいんじゃないかと思うことがあるくらいです。いつだったかは半吉っていうそれまで見たことのないお神籤を引いたかなぁ」

益田が「けけけ」と短く笑った。

「青木さんはそういうの信じるほうですか？」

「信じないです」

もう一回益田が笑い、肩と一緒に前髪も揺れた。長い髪の隙間から覗《のぞ》いた双眸《そうぼう》が青木に向かって笑んでいた。

「詳細が見えないまま皆さんのお話を聞いているのに変な口出しをしてすみません。中禅寺さん、それで結局、東京ローズはさっき名前が出ていた八原院さんという人でいいんですか？」

青木はすとんと言葉を放り投げた。

「どうして僕に聞くんだ」

「聞けば答えてくれるからでしょうね。それにだいたいのことを中禅寺さんは知っているじゃないですか。難しいことは易しく嚙《か》み砕くし、肉のこそげ落ちた貧弱な骨だけになったような退屈な話には複雑に糸をからめて膨らませてもとにあった肉をまとわりつかせて豪勢にして返してくれたりもする」

千鶴子が笑って云っていた。自慢げに惚気《のろけ》ていた。

中禅寺秋彦とはそういう男で——だから人は京極堂の奥の間になにかあると話を持ち込み知恵を借りようとする。

「それを考えるにもまだ嚙み合わない箇所がいくつかある。僕にはなんとも云えないな。

だいたいそもそもこれは僕には関係のない話じゃないか。きみたちはしょっちゅううちに来てはそうやってわあわあと騒いで僕の読書の邪魔をする」

中禅寺が苦い顔で応じる。

「騒いでるのはおもに榎木津さんです。僕が邪魔をしてないとは云いませんけどね」

益田が応じる。

「ふたりとも邪魔だしふたりとも騒がしい」

仏頂面の中禅寺の断言に、関口が深くうなずいた。真顔でこくりと首肯した関口に中禅寺が額に指を置いてうつむき嘆息する。益田が中禅寺の様子を見てひときわ高く「けけけ」と笑って見せた。

「関口さん、なに他人事《ひとごと》みたいな顔でうなずいているんですか。関口さんだって邪魔もので騒がしい仲間じゃないですか。なんなら一緒に中禅寺さんに叱られましょうよ」

益田が笑顔で関口に云い放ち、関口は「え、なんで」と絶句している。

「それで青木さん」

益田が笑顔を関口から青木へと向けた。

「僕の話は一旦《いったん》中断で中禅寺さんはまだ断言はしないと決めているようです。なのでたぶん僕はもう少しこの調査を続けて決め手になるものを探ることになるんでしょうけれど……青木さんはなにを話しにいらしたんです?」

話の口火を切れない青木に水を向けてくれたらしい。

青木はお茶で唇を湿らせてから、ここに知恵を借りに来た子細を話しだした。

益田たちも傍らで湯飲みを手にして青木の話に耳を傾けている。無駄に愛想を売るのは青木の得手ではない。起きたまま見たままを聞いたままをそのまま語る。青木なりに中禅寺に対しての話し方のこつは呑《の》み込めてきていると思うのだ。

語る言葉のなかから中禅寺は自分に必要な知識を勝手に拾い上げうまく配分し組み替えて結論を得る。なにが重要でなにが不要かの判断は青木ではなく中禅寺が行えばいい。

人喰《ひとく》い蜘蛛《ぐも》を見たと云い張る少女の話を語った。

三日前のことですと、時系列を明確にし順番に話しだす。

少女を保護するのに至った日のことから話したのは長過ぎるかもしれないが上手《うま》くはしょれる自信がなかった。野良犬と木場のやり取りを話すと益田が笑った。前に薔薇十字探偵社で話したことではあるが、中禅寺には伝えていないから全部通して説明をした。子どもの片腕が見つかり鑑識に回されたことも補足した。

その腕を見つけた帰りに交番に寄ったら女の子がいたんです——と青木は続ける。

「僕はその子のことがなんだか放っておけなくなったんです。交番で見たときは真っ黒な目が釦《ボタン》みたいで生気のない綺麗《きれい》だけれど人らしくない変な子どもだと思ったんです。人形が座っているように見えた。なのにいきなり必死で僕の服の袖《そで》を、こう、摑《つか》んで泣きだして、そのまま手を放さなかった」

頼られたから放っておけなくなったのだろうかと自問し、そういうわけでもないようなと結論づけて眩暈坂を上ってきたのだ。

「ちょっと目を惹《ひ》く女の子だった」

「うん。でも服を普通にしたらいたって普通の年相応の子だよ」

益田が青木の話を促してくれる。ときには茶々を入れたりするが益田はおおむね真面目だ。青木が真剣だからだろうか。益田は軽佻浮薄《けいちょうふはく》に見せかけていてこれで空気を読むし存外気配りをする。

関口もおおむね聞いてはくれているのだが相づちを打ってくれるという感じではない。中禅寺は本を読みながらでこちらも熱心に聞いてくれている風情ではないが、中禅寺はそんな風でもいつもきちんと聞いてくれているのは知っている。榎木津は整った顔を真っ直ぐ天井に向けて直立不動で寝転がっている。まぶたも閉じているしなんの反応もないが、もしかしたら聞いているのかもしれない。解らない。

益田だけが適度に質問や合いの手を入れてくれる。自然と益田に語りかけるような形になる。

「最初は迷子を疑いましたが——迷子ではなく逃げてきたと本人が云いはっているんです」

ひとつひとつ自分でも確認するように聞いたままをつぶさに話す。

まだ木場からは若造呼ばわりの青木ではあるが、それでも尻《しり》に殻をつけた雛《ひな》みたいな刑事なりに青木は少女との子細のなかで、なにかが引っかかっているのだ。青木の捜査のやり方には木場のそれを手本にしているところがある。仕様がないことである。あれだけ強烈な個性が側にいたなら、自然とその木型にはまってしまう。青木の捜査の木型は、木場だ。

木場はよく「刑事の勘だ」と云い放つ。そうして鉄砲玉のように飛び出して暴れまわる。現状の青木は、木場のように自信を持って周囲に食い下がれはしないが、ざわざわと靄《もや》がかかった不安がいま青木の「刑事の勘」を刺激しているのだった。

——俺はいつでも俺の好きに動いてるぜ。知ってるこったろ？　おまえもおまえの好きにしたらいい。無茶はしないにこしたことがねぇがよ。

木場の言葉が心にしっかりとぶら下がっている。

青木は青木の刑事の勘に基づいて好きにしている。木場仕込みの勘だ。

薔薇十字探偵社に少女を連れていったことも話した。益田が適度にうながしてくれたから随分と話がしやすかった。

少女が蜘蛛について言及し脅えているというところまでやっと辿《たど》りつき、青木はふうっと息を吐く。

「木場さんは『蜘蛛？　なんだそりゃあ』と。なにせこの間の事件があるじゃないですか。蜘蛛の嫌な事件があった。その記憶がまだ生々しいから、僕も正直、なんだそりゃあ、あんまり聞きたくない言葉だなと思って話を聞いていました。あの年頃の子どもの夢語りはたまに不気味なものだなと。――でもどうしてかな。放っておけない気がしているんです」

放っておけないと青木は何度かくり返した。

そう云わざるを得ない違和感が自分の胸の内側にどろりと固まっている気がする。

「逃げだした屋敷は海にも山にも近い場所だったと云うんです。彼女は渋谷で保護されたから海が近いってなるとどこなんでしょうね。屋敷の窓には鉄格子がはまっていたとか、いなかったとか、ただ庭にはたくさんの薔薇が咲いていたのだとそれだけは何回もはっきりと話す。饒舌《じょうぜつ》になったり曖昧《あいまい》だったり、自分でも解らないんだと泣きだしてみたり黙りこくったりで埒《らち》があかない」

鉄格子が――海にも山にも近い場所。

薔薇の花が咲く庭。

話しながら青木は途中で言葉に詰まる。ついさっき同じことを益田が話していなかったか？

まさかと懸念を覚えながら青木は少女の言葉を語る。少女の話には妙に詳しく語りだす箇所と口をつぐんでしまう箇所がある。青木が聞きたい部分はたいがい少女が黙ってしまう箇所である。

「人喰い蜘蛛がいるなんてそりゃあ僕がたまに書く記事だ」

関口がぽつりと云った。

「そうですね。カストリ雑誌の記事みたいな内容だ。人喰いの蜘蛛なんて不思議なものがいたらおかしい。いるはずがない。そう思っているのにあの女の子の顔を見たらそんな不気味なものがこの世にいそうな気がして不安になったんです」

そんなことを云えば木場にどやしつけられそうだし、なにより青木のなかにある理性が青木を叱りつけてくる。妖怪変化《ようかいへんげ》に人が殺される事件で迷宮入りなどというのは物語のなかの出来事だけだ。人が人を殺し、刑事たちは靴底をすり減らして捜査し、犯人を逮捕する。

沈黙が落ちた。

音の隙間を縫いつけるように中禅寺のよく通る声が響いた。

「この世には不思議なものなど何もないのだよ」

青木は弾《はじ》かれたように中禅寺へと顔を向けた。

「そうでしょうか。そんなはずはないでしょう？　人喰い蜘蛛なんているはずはない。それでももしいるんだとしたら、それは——その事件は」

中禅寺さんの領分じゃないんでしょうか。

青木は云った。

だからここに来た。

中禅寺に何を求めているのかは自分では解らないままで。

中禅寺は本の頁を捲《めく》る手を止めて青木を見た。

「いいや。聞いた範囲ではそれは僕の領分ではないよ。青木君の領分だ」

「僕の？」

「もちろんだ。その人喰い蜘蛛の事件はいまのところどう考えてもきみの領分に聞こえたよ」

「でも妖怪変化の類《たぐい》でも憑物《つきもの》でもないとしても——子どもがひとり脅えて逃げだしただけのことです。僕の出番はありますか？」

「出番など自分で決めることだよ。出ようと思えば出ればいい。出たくなければ出なければいい。無理に引きずり出されそうなのを忌避したいと云うなら知恵の出しようもあるが、きみは自分から関わりたがっているようだから、僕があれこれ云う必要は欠片《かけら》もないだろう。僕の見たところきみは少し木場の旦那《だんな》に似てきたね」

「似て……きましたか？」

中禅寺は腕組みをして顎《あご》のあたりを指先で掻《か》いた。

「似ないほうがいいと思うがね。嬉《うれ》しそうに笑うようなことを僕はひとつも云ってやしないよ」

「笑いましたか？」

青木は首を傾げ今度はきちんと自覚して照れて笑った。木場に似てきたのなら望むところだ。

「笑ったね。笑ったよ。きっちり笑った」

益田が三度答えた。

「うるさいなぁ」

そこで榎木津がぱちりと目を開けて唐突に大声で叫んだ。

「僕が寝ているときは民も皆ありがたく眠るといい。どうしてみんなして起きているんだ？　僕が眠っているときは草木だって眠るしオロカだって眠る。丑三《うしみ》つ時《どき》だ。牛が三つで猫は四つだ。弟子のオロカは僕の眠りをさまたげないようにみんなを寝かしつけて静かにしているべきだ」

機械仕掛けみたいに勢いよく起きていきなり益田を叱りつけた。

「どうしてもこうしてもないですよ。榎木津さんは眠れるとしても僕は中禅寺さんちでうたた寝なんてできませんよ。中禅寺さんだっていい迷惑だ。こんなに人が押しかけてみんなでごろごろ寝だしたら」

「迷惑なもんか。本屋はやって来た人が寝てようが、話してようが本を読むから関係ないさ。むしろ僕こそが本屋よりよほど迷惑を被っている。食後の寝物語だと思って我慢して寝ながら聞いていたが、ずっとどうでもいいなまぬるい話ばかりじゃないか。空気までもなまぬるい。寒くもないし暑くもない」

「そうですか。なまぬるいですか。そうでしょうとも。僕が榎木津さんのためにじっくり温めてましたからね」

「何処を？」

「部屋の空気をですね。榎木津さんが起きて第一声を発したときに、こう、盛り上がるようにいろいろと話を伺ったり、いろいろとです。ええ。おかげで随分と盛り上がりましたよ。全員が榎木津さんに釘付《くぎづ》けだ」

「オロカはいろいろと手詰まりだ。ちっとも盛り上がらないぞ。退屈だ。どうしてみんな面倒臭いことをぐだくだ遠回りするのだ。こけしは『助けてください』と云われたんだろう？　助ければいいじゃないか。鳩の娘は悪いことはしていないよ」

それに、と榎木津は鳶色《とびいろ》の目を中禅寺にひたりと向けて告げた。

「ふたりの云っている話は同じじゃないか！　そうだろう。本屋？」

「そうですね」

中禅寺が応《こた》える。

「同じってなにがだい？」

関口がおどおどと聞いた。

「益田君と青木君は同じ事件を追いかけているんだ。それぞれに青木君は青木君の領分の事件で、益田君は益田君の領分の事件だが、ふたつの事件はひとつの家と人に収束している。ひとつの事件を異なる側面から追いかけているからいずれひとつの人物に行き着かざるを得ないだろうね」

「とっとと教えてやればいいじゃないか。本屋」

「そうと気づいたのはいまさっき益田君と青木君の話を順に聞いたからだよ。それまでは僕にも見えていなかった」

「僕の話と」

「僕の話ですか？」

益田と青木は互いに首を傾げ顔を見合わせ、聞き返した。

「それにまだ幾つか確認したいことがある」

「早く確認して仕切ればいい！　本屋はとにかく遅いんだ」

「いいや。どちらかというと榎さんがひとりだけ早すぎるんだ」

「僕は探偵だ。探偵と云うのは秘密を暴くために存在するのだ。だから僕はこの秘密を暴くぞ。暴くのが僕の務めだからな。助けるのは探偵助手と警察の仕事だ。拝み屋は拝み屋の仕事をしろ。で、拝み屋が出向くのはいつなんだ？」

「僕には関係のない話だ。出向く必要もないだろう？」

「関係ある話だろう。呪詛《じゅそ》と呪いは拝み屋の領分だ」

「この蜘蛛《くも》は女郎蜘蛛でも海蜘蛛でも土蜘蛛でもないよ。呪いには関係のないチチュウの蜘蛛だ。あちこちを小さな蜘蛛が行ったり来たりとせわしなく動いて物事を複雑にしているだけで、蜘蛛はただ蜘蛛として生きているだけだ」

「でも一匹の蜘蛛は違うだろう？　拝み屋は鳩の娘に会っている。鳩娘は僕の『知っている顔』ばかり並べていたぞ！　鳩も蜘蛛だと云うならそれはそれだ。でも鳩の娘を蜘蛛の巣にかけた別の蜘蛛にも会っているんだろう？　その蜘蛛の始末をつけずに終わらせるのは正義じゃないぞ！」

「いまの法では裁けない」

「裁けないから落とせと云っている。バラバラに薔薇《ばら》を薔薇で取り憑《つ》かせたり落としたりするといい。僕は僕で取り組んだり追い払ったり縦横無尽の大活躍だ！」

　中禅寺と榎木津がはっしと睨《にら》みあった。ふたりともに迫力も目力もあるものだから妙な緊迫感がぴんと張りつめた。口を挟むに挟めず、青木は益田と目を合わせ空気を読んで無言になった。

が、関口がどこか気抜けた声で、

「榎さんは京極堂に叱られてできなかった相撲をとにかくどこかでやりたいんだね。四つに組んで投げ飛ばしたりをそんなに京極堂に見せたいのかい」

と、もごもごと告げる。関口なりに緊張感を解こうとしたのかもしれないが絶妙な間合いすぎた。

中禅寺と榎木津の視線が瞬時に関口へと向かう。

「なにを云いだすんだ。とんだ猿の履物だ。もう履物としての価値もないくらい馬鹿なことを云う。猿と呼ぶのももったいないくらいだ。関は猿じゃなくいっそ『る』だ。呼ぶために舌を動かすのすら面倒になってきたぞ」

「関口君のことを『る』にする必要性は一切感じられないが関口君がいささか頭の回転に難があるのは認めざるを得ないね。相撲の話なんて誰もしていないじゃないか。どうしてそんな話になったんだい？」

「なんだい。僕が悪いのかい？」

おたついた関口に榎木津が「そうとも！」と断言した。

「だから拝み屋は関を引き連れて神奈川のバラバラ屋敷とやらにいくしかないのだ。そう決めた。そうだろう？　このままでは僕は関を『る』にしてしまいかねないからな。こてんぱんに短い『る』にしてやる」

「るにしてやるってどういう意味だい？」

酷《ひど》く脅えた顔になって関口が震えた。

5

「I'd like to be a spider」

なんだってと問われ「なんでもないわ」と女言葉で答えました。

もともと私の日本語は中性的な口調ですから無理に女性的にする必要もなかったのですが、それでも緊張していたのです。

当時『駿河台技術研究所』と云う偽看板が掲げられた俘虜《ふりょ》収容所から、毎日、俘虜たちが放送の手伝いをするために駆けつけてきておりました。

ゼロ・アワー放送と云う対米戦略放送に関わることになったのは私が英語を話せたから

です。私以外にも何人もの人がその放送に関わっていました。

陸軍中野学校の分室で、俘虜たちは選別されたのだと聞いています。俘虜のなかには敵国である日本のプロパガンダに協力するつもりはないと、日本軍からの要請を断ってそのまま収容所へと移動した軍人たちもいたとのことです。

彼らは毎日、駿河台からＪＯＡＫ（東京放送局）へとやって来ていました。

俘虜でしたが彼らは妙に活《い》き活《い》きと内幸町《うちさいわいちょう》の第五スタジオを闊歩《かっぽ》しておりました。掌《てのひら》を返して日本に汲《く》みする放送の手助けをしているというのに、さっぱりとした顔つきでおりました。戦後、彼らの一部は自国に戻り裁判にかけられたと聞いています。それでも彼らはあの当時は自分たちの行いが裏切りになるとは思っていなかったのやもしれません。

そもそも裏切りですらなく自国の勝利を信じての俘虜生活のなかでの娯楽だったのかもしれません。

いまとなっては私には解らないことです。


「I'd like to be a spider」


それは私の呪文でした。私が私になるための呪いです。

私は幼いときは男として育てられ、閉じ込められ、そして戦争がはじまったと共に「女

「になれ」と性を変えられました。戦争がはじまってすぐに親は私を生かすためにと戸籍をいじり私は「女」として外に立った。それまでの私の戸籍は「男」でしたがそれだと徴兵されてしまうため怖れた父は戸籍を変えました。

地方の権力者だった父は「私」を使って中央へとつなぎをとりました。私はいきなり「女」になりましたので、ずっと思慕していた唯一の「女」である母に倣って、己の身体を使いました。父もそれを望んでいたように思います。中央にいる権力者の一部は私の身体を悦《よろこ》びました。そうして「私たち」はいつしか力を持ちました。

でもそんななか父は亡くなってしまった。

不慮の事故でした。

私は生きていくために軍に己を提供し、英語が話せるという技能を取りたてられてJOAKに通うことになりました。

幸いなことに私の見た目は中性的なものでした。髪をのばして喉《のど》までぴたりと覆い尽くす上着を着て擬態して――。

そのときの私は孵化《ふか》したての「女」でした。

まだ自分があやふやで、だから己を奮い立たせるためには呪文が必要だった。身体を使うときはいつもそうだった。母がいつもつぶやいていたあの言葉。

私は蜘蛛になりたい。

母にとって蜘蛛とはなんだったのか。蜘蛛の巣を張り巡らせて中央に陣どって、訪れる誰かを喰《く》い殺す捕食者であり強者の象徴だったのだと、私はいまはそう思っています。両親はとても愛しあっていたけれど父は母を置いていつも外に離れていってしまい、館《やかた》に取り残された母は私を前にして寂しさに泣いておりました。そうして母は少しずつ病んでいった。父のことを母は自分の蜘蛛の巣に捕らえ、放さないでいたかったように思えます。

父が母をどうしたかったのかも私には解りません。言葉も解らない異国の地で隔離して閉じ込め、生活に困ることはなかったのですが、あれは幸せだったのかどうか。

両親の熱烈な恋愛の末に「私たち」が生まれたと信じていますが。

愛というものがどういうものなのか私はいまだに解らない。

「ジス・イズ・ゼロ・アワー……フローム・トウキョウ」

私のかすれた、やや悪声とも云える低い声が電波に乗って遠く──遠くへと運ばれていく。

金魚鉢のなかのような放送室で私はマイクの前に座り原稿を読み上げる。

「太平洋のみなしごさん。あなたが故郷に残してきた彼女は別の男とよろしくやってるわ。あなたは明日は海の底。かわいそうに……」

かわいそうに……。

母は自分の側にいないときの父を想いいつも泣いていた。かわいそうな母。綺麗《きれい》で優しい女性でした。母の精神はおそらくずっと病んでいた。

母は私に少し似ていました……。

※

男は薔薇を見た。

その人は薔薇だった。

奇跡によって咲かされた一輪の黒薔薇だった。

漆黒のゆるい巻き毛が白く小さな顔を縁取っている。切れ長の黒い双眸《そうぼう》に薄い真紅の唇。

男たちが勝手に夢見ていた東洋美人を具現化したかのような華奢《きゃしゃ》で絢爛《けんらん》な美貌《びぼう》を持っていた。

きっちりと着こなした襟の詰まった衣服がストイックな色香を与え、ひと目見ただけでは男とも女とも解らない。ただ美しいとしか思えないそんな容姿の人であった。

ＧＨＱの人間がたまに訪れる渋谷のサロンの主《あるじ》は華園小路葉子と名乗っていた。どういう縁で彼女がのし上がったのかを男は知らない。ただＧＨＱの人間をはじめとして、当時の文化人や芸術家、財界の重鎮たちもよくその家を訪れた。男は使い走りでしかなかったがサロンを訪れた人物のひとりだった。誰に誘われたのが最初だったのかもいまとなってはあやふやだ。

男はそこで黒薔薇に会った。

「こう見えてこの人は実は男なのよ。懸想はやめておいたほうがいいわ」

引き合わされてすぐに誰かが云った。黒薔薇は慎ましく目を伏せることでその言葉を肯定した。

驚くくらいに美しかったし年齢も性別も不詳で淫靡《いんび》で退廃的な存在だった。

黒薔薇は無口なときと饒舌《じょうぜつ》なときがあった。浮き沈みがある人物なのだと思った。日によって男に見えたり女に見えたりするのも不思議で男は黒薔薇をいつも目で追いかけ、そのひと言を聞き逃すまいと耳を傾けた。

さざ波の音に似たかすれた声はときどき男にとってとても聞き馴染《なじ》みのあるものに変わった。声の調子が高くなり、語尾が甘く震える。まったく別の声になるそのとき、薔薇はひどく無口になる。

ずっと引っかかっていた。どこかで聞いたことがある。誰の声だ。こんな容貌《ようぼう》の相手であれば忘れることなどないだろうに。どうして日によって男に見えたり女に見えたりするのか。そもそもが中性的な美貌であることを差し引いても。

日常の他愛ない話をしていた、ある日——。


「かわいそうに……」


黒薔薇《ばら》が発したそのひと言が男の記憶の底に沈んでいた宝箱に釣り針をかけ、引き上げた。見覚えがないのは当然だ。聞き覚えしかないのも当然だ。この声を男は戦時に短波放送で聞いていた。

蠱惑《こわく》的な誘惑者の声だった。甘さのなかに悲しみが混じるその音色が男の心に糸をかけ、薔薇へとたぐり寄せていく。

はっとした男と薔薇の目が合った。おそらくそのとき薔薇は、男がなにかを悟ったことを、知った。薔薇は、目元をゆるませ口角を上げて微笑んだ。男にだけ解るように一瞬だけ唇に軽くひとさし指を押し当て秘密の合図を送った。微笑と仕草はそこだけ切り取れば無垢《むく》な少女の動きに見えた。

声とつながる記憶が男の喉もとをぐっと締めつける。命のやり取りをしていたときの危機感がふいに蘇《よみがえ》った。終戦間近になれば戦局は誰にとっても明らかで日本軍の敗退は色濃く男は自国の勝利を確信していた。けれど同時に日本軍の決死の特攻を怖れてもいた。死を覚悟し体当たりで飛び込んでくる日本の飛行機乗りたちの感情が理解できない。理解できないものは怖い。国が勝利するだろうと思うことと自分が死なないことは別の問題だ。もしかしたら死ぬかもしれない。空を飛んでいるときはそんなことは考えない。帰還し機体から降りて少し経つと生を感じる。飛行しているときの男は生と死の境界で佇《たたず》み野生の獣のように目の前のことだけしか直視しない。

それが男の青春だった。

生き死にのやり取りをして空を飛ぶこと。

終戦後の自分はもう生きているのか死んでいるのか解らない。漂うように過ごし魂が欠けていくかのような空しさがあった。そんなことは云えもしないが命ぎりぎりの過去がどこか懐かしかった。

GHQの職員といっても末端で、重要な仕事を担っているわけでもない。死を感じない日々が男から生というものを遠ざけている。

いつしか男は老いていった。たとえるならば猫のように老いていった。猫は一年で人間の十七歳相当の年を取るのだと云う。三歳になって以降は一年ごとに四歳ずつ年を増していくと聞く。男はそんなふうに不規則に年を取ってしまった。戦争のときに人間年齢の二十歳に到達しそこから終戦以降毎年四歳ずつ年を重ね――見た目も老いて――いまの自分の年齢は本当のそれよりずいぶんと加算されているように思える。

男の内側も随分と冷え魂は欠けて老いていた。

なのに――薔薇が投げかけた秘密めかした目配せと微笑で男の内側にぼうっとあやしい火が灯《とも》ったのだった。

己の内側にまだ熾火《おきび》が残っていることを男は知った。

名残惜しげに再び赤々と燃えた心が男の内側に痛みと熱をもたらす。

人によってはそれをおそらく恋と呼ぶ。

もう一度「かわいそうに」と云って欲しい。

男はGHQの職員なので食料を豊富に所持していた。たまに日本の貧しい子どもたちにチョコレエトや飴《あめ》をばらまいた。その話をしたとき、どういう流れだったか、薔薇は慥《たし》かに告げた。

「かわいそうに……。かわいそうな、貧しい子どもたち」

口元が皮肉げに歪《ゆが》み冷酷でためらいなく人を傷つける棘《とげ》を持っていた。男の求めていた声とは違う。これは男の聴いていた短波ラジオの声とは違う。男は困惑し薔薇を凝視した。

どういうことだ？

薔薇が男のなかに久しく眠っていた野性を取り戻させた。だから男は懸想した相手を野生の獣のようにじっと観察し続けた。かすれた声の調子と高低に耳を澄ませた。日替わりで微妙に変化する薔薇の様子が男の心をざわめかせた。指先の動きや衣服のしわに至るまですべてを見続けた。

薔薇はときおり入れ替わる。

それが男の野性が得た結論だった。

ほんのわずかな高低とため息の音色。足音の違い。顔も身長も体格も同じなのに纏《まと》う空気の色と声の音調がときおり変化する。だから男にも女にも見えて神秘的で美しいのだ。普通に容色が美しいだけではなく艶《なま》めかしく尊く見えるのは薔薇が人に云えない秘密を隠し持っているからだ。

そうして、他者が隠し持つ秘密に到達したとき人の心は高揚する。

男は機会を見つけ薔薇とふたりきりになったときにこっそりと尋ねた。

「あなたは東京ローズ……ですね？」

「違います」

「糾弾はしない。公開もしない。だから本当のことを教えてください」

教えてもらってどうしようと思っていたのだろう。取り憑《つ》かれたかのように問いつめた。薔薇が男でも女でもどうでもよかった。忘れかけていた熱情を男に呼び起こした相手は年齢や性別を超えて美しい。

「本当のことを……？」

薔薇の目が大きく見開かれる。薔薇の瞳《ひとみ》に男の顔が映り込む。静かに目を閉じる。長い睫《まつげ》が震えている。ゆっくりとまた目を開く。

綺麗な漆黒の目の縁に涙が盛り上がり、つ、と頬を落ちていく。

思わず男は薔薇を抱きしめた。抵抗されればそれ以上のことはしなかっただろう。けれど薔薇はくたりと身体の緊張を解いて男の腕のなかで柔らかくなった。

「助けてください」

薔薇が男の肩先に額を押しつけささやいた。

「ああ。助けよう。きみを」

意味も解らず男は薔薇にそう答えた。

「私は……地位を手に入れてしまいました。終戦のあとで、戦時に知り合った縁をつないで会社を興して」

薔薇が会社を経営していることは知っていた。サロンでの出会いのときにそう紹介された。

「だから私は消えるしかない。男になるしかない。それは解っています。解っているのだけれど、助けられたいとずっと思っていたのです。そんな気持ちをもしかしたら神様がどこかで見て――あなたを私のもとに寄越してくれたのでしょうか。私が心から納得して姿もなにもかも、私がいるという痕跡《こんせき》を消してしまう決意をうながすために」

「……なにを云っている?」

「一度くらい誰かに私を私として見分けられたかった。ありがとう」

潮騒《しおさい》のような声だった。

顔を上げ薔薇は男に笑顔を見せた。薔薇が男の頬にそっとその頬を押しつけ抱き返した。互いに相手をからめとるような抱擁はつかの間だったが男には永遠とも思えた。

薔薇が男の手のなかになにか硬いものを押しつけ、摑《つか》ませた。なんだろうと手を開く。ダイヤモンドが載っている。

「これは……?」

「まがい物。でも私には大切なものでした。私と同じような石だから、お守りとしていつも持って歩いていたの。これを……あなたに」

「俺に？」

「ありがとう。さようなら」

そしてそれきり男は二度と薔薇を見ていない。いや、見てはいるが常に薔薇には棘があった。香りを放つ柔らかな感触は遠ざかり凍りついたごとき視線を男に浴びせ、男を全身で拒否し遠ざけた。

嫌われたのだ。

そこですべては終わった。

※

益田は中禅寺にいくつか確認され、中禅寺の家でみんなで集まって話してから三日の間あちこちを走りまわることになった。

走りまわり調査するのも探偵助手の仕事なのだ。なにを調べればいいのかを具体的に指示してくれるだけでも大層ありがたい。榎木津が益田に命じるのはたいていもっと奇天烈《きてれつ》なことだ。

そうして——益田は神奈川にある八原院の本家の屋敷へと向かっている。

榎木津と関口とジョンと益田という、不可思議な取り合わせの一群であった。

「この先に——」

益田は登記簿に記載された住所を頼りに歩く。一度ここを訪れているから道案内はたやすい。後ろから無言で付いてくるのは関口とジョンである。

「本当に今日、東京ローズの行方がはっきりするんでしょうね」

ジョンが隣を歩く関口に問いかけ、関口は「はあ……。おそらくそういうことになるんじゃないでしょうか。いや、どうかなぁ」と例によって自信なさげな口ぶりで答えていた。

「行った先に彼女がいるのですか？　そのへんのことは詳しく教えてもらっていないんです。ただ、今日ここに付いて来いとだけ云われて……」

「僕もそんなようなものですよ。益田君がきっといろいろと知っているんだなあ」

関口が話の矛先を益田に振った。

「いろいろ知っているのは中禅寺さんと探偵のふたりだけですよ。その探偵はというと……あの有様だし」

「先になにかがあるのだな。あるんだな。そこにバラがバラバラで」

榎木津はいつのまにか途中で拾ったという棒を手にして子どものようにぶんぶんと振り回して威張っている。白い襯衣《シャツ》の袖《そで》を捲《まく》り格子柄の洋袴《ズボン》に茶色の吊《つ》り紐《ひも》という出《い》で立《た》ちがよけいに榎木津を少年のように見せている。

意気揚々と駆けだした榎木津を益田は慌てて追った。

「いや、この先にあるのは畑と廃村で薔薇《ばら》屋敷はまださらに奥で」

うねった道を曲がったその先の木々はそれまでとはうってかわって細く頼りない。林を抜けると日差しがまばゆく目に飛び込んできた。

一面の菜の花畑が広がっていた。

黄色の絨毯《じゅうたん》が風にさわさわと一斉に揺れ波打つと、黄色の波の裏で淡い緑が跳ねるように躍る。照りつける日の光を地面いっぱいに敷き詰めたかのようである。

「これは……」

関口とジョンが光景に見とれたのか足を止めた。

榎木津は棒を片手に菜の花畑を突っ切って真っ直ぐに走っていく。榎木津の淡い色をした髪も菜の花と一緒に風にさわさわと揺れている。

「綺麗《きれい》な光景だ」

関口が額に浮いた汗を拭《ふ》き云った。

「そうですね」

遠ざかる榎木津の姿を益田は視線で追いかける。どこに向かうのかを知りもせず聞きもせず、なのに探偵は迷うことなくただひたすらに直進するのだ。己の行く先がいつだって正しく目的の場所なのだと確信している足取りで。

「益田君。こんなところに薔薇屋敷なんてあるのかな」

「あるんですよ。八原院郁の本宅だった屋敷が」

「京極堂と青木君は先にいって必要なことをすると云っていたけれど大丈夫なのかな」

「中禅寺さんがいるから大丈夫でしょう。それより僕らのほうがよほど大丈夫じゃないかもしれないなあ。ああ……榎木津さんが見えなくなる。どこに向かうつもりなんだ、あの人は。関口さん、ジョンさん、もっと急いで」

益田は関口とジョンを急《せ》かし、勝手気ままな榎木津に追いつこうと必死で走りだす。菜の花が、走る益田の足もとで可憐《かれん》な黄色い波を打つ。


かつてはそこに村があった。いまは廃村になっている。人が暮らしていたのだろう名残は崩れ落ちた家屋とまばらに草の生い茂る路地の跡のみ。

手入れされなくなった平地をいつしか菜の花が覆い尽くした。摘み取る者もいないのに菜の花はただ咲き乱れ風に揺れる。ところどころにひょろりと細い木がまばらに立っている。

菜の花畑を縦断すると木々のあいだに朽ちかけた柵《さく》がある。鎖で封じられた柵の先に人に見捨てられたような細い道が続く。山と平地の緑と黄色の色彩のなかで、道は、ナイフで剝《む》かれた果物の実のようにそこだけ色が違う。

鎖をまたいで上り坂の細道を歩いていく。樹木が生い茂り風が涼しい。気配はしんとして木が日を遮り薄暗い。

目に染み込んでいた菜の花の黄色もいい加減削《そ》げ落ちてきた頃に山にへばりつくようにして立つ屋敷に辿《たど》りついた。

「こりゃあまた……」

関口が思わずと云うように口を開けた。

「なんだか凄《すご》いでしょう？」

自分が建てたわけでもないが益田はそう答えた。関口が「うん」と小さくうなずいた。

誰も訪れないだろう寂れた山の奥なのに見上げるような高い塀が屋敷を囲んでいる。正面に立つと門扉は飾りのついた金属製のやはり洋風のもので、柵のあいだから向こう側が透かし見える。

「遅かったな」

門扉に手を置き暗い陰を背負って立つ和服姿の男が云う。

先に辿りついていた中禅寺である。

ぎ、と軋《きし》んだ音をさせて扉が開いた。耳の鼓膜に飛び込むその音もまた錆《さ》びて聞こえた。

見上げると大きな門扉の柵の隙間から青い空と白い雲が覗《のぞ》いた。

「違う。拝み屋が早すぎるのだ。僕はいつでもちょうどいい」

白と黒。

門扉を挟んで対峙《たいじ》する中禅寺と榎木津の姿は、益田には、そう見えた。

榎木津の白い襯衣に柵の影の縞模様《しまもよう》が浮いた。なだらかに長い坂を歩き暗い場所から急にまた視界が開けたせいか、榎木津の襯衣の白と太陽の光がまぶしく感じすべてが淡い光輪を背後に抱いているかのようだ。対して中禅寺は幽界に立つ魔物のように漆黒を背負っている。

門扉を越えるとそこから先は異界――。

刹那《せつな》、益田はそんな不安にかられ足を止めた。

ずっと耳の横を通り過ぎていた風が止まった。空気がどんよりと固まっていったような気がした。

ぎい、とまた音がする。

「益田君！」

ふいに――中禅寺の背後から青木が顔を覗かせる。

童顔の刑事のこけしに似た整った顔に凝固しかけた益田の心がゆるりと溶けた。

吐息が零《こぼ》れる。ここは異界ではない。益田が暮らしている現実世界の地続きだ。菜の花畑。林と山。洋風の屋敷。榎木津と中禅寺。すべてはひとつの世界にきちんと収まり、益田は地面に立っている。

風が頬を撫《な》でていく。

青臭い草の匂いの向こうに甘く柔らかい香りがする。

中禅寺が門扉をぐいっと開き一行を迎え入れる。

益田が一番最後に足を踏み入れた。その背中で門扉が、ぎい、と閉じた。

榎木津が「先にいくぞ」と声を上げ勢いをつけて駆けだしていった。榎木津は後ろを見ない。真っ直ぐに玄関へと吸い込まれていった。

中禅寺は唇の端に苦い笑みを浮かばせてその背中を見送っていた。

「ほらやっぱり。榎さんはいつでも早いじゃないか」

同意を求めるように関口に向けて云う。関口はおたついた顔つきで榎木津の後ろを慌てて追いかけていく。続いて益田も——そうして結局は全員が榎木津より遅れて屋敷へと入っていった。

家屋は渋谷に建っていた西洋風の屋敷と相似していた。

内部の間取りも同じに見えた。違うのは窓に嵌《は》められた鉄格子だ。そして全体にくすんで古びて埃《ほこり》まみれになっている。

窓の端に蜘蛛《くも》の巣が張っている。中央に黒い点のような小さな蜘蛛が陣どっている。

靴を脱がずに上がり込むと敷き詰められている赤い絨毯にぺたぺたと靴形の汚れがついた。

気づけば何処からか大勢の人の声が聞こえた。行き来して互いに呼び合うにぎやかな怒声の狭間《はざま》に、

「なにをするんだっ」

という悲鳴のような声がした。

「どうしてそこを掘る。うちの庭が。薔薇が。誰の許しを得て」

怒鳴り声ですら錆びついている。潮騒《しおさい》に似たかすれた声にかぶさるように、

「待たせたな！　僕だ！　なんでみんなそんなふうに手当たり次第に頭の悪い犬のように地面を掘り巡らしているのだ。馬鹿犬と駄犬しかいないのかッ。いいか僕が『ここ掘れわんわん』と命じたらみんなはわんわんと勢いよくそこを掘るのだ！　ここだ。ここ。ここを掘れ！　わんわんだ。わんわんと掘れ！　わんわんだーッ!!」

榎木津の声が響く。

なにをやっているのだと益田は額に手を当てうつむいた。

その直後――。

「あったぞ！　これは人骨だ！」

「こっちは死体だ。子どもの死体だ！」

空気を破裂させるような大声が響いた。

関口が「死体だって……？」と呻《うめ》いてよろよろと立ちすくんだ。振り返るとジョンが少しだけ困った顔で関口を眺めている。

「死体が見つかったって云いましたか？　中禅寺さんの云ったとおりじゃないですか。こりゃあ大変だ」

青木が勢いづいて走っていった。狐につままれたような心地で益田は傍らに立つ中禅寺へと視線を向ける。

「中禅寺さん。云われたものは手に入れましたが」

顔を合わせてすぐに手渡すはずだった。

異界めいた光景に飲み込まれて渡すのを忘れていた。

必要だと頼まれて用意したものを中禅寺へと差しだした。封筒に入ったままのそれを中禅寺は片眉《まゆ》をきゅっと持ちあげて、受け取った。さっと中身に目を通してから封筒に戻し着物の内側へとしまい込む。

「死体が見つかったってなんなんですか？　これからなにが起きるんですか？」

益田はそう聞いた。

近づいて眺めれば門扉の側では漆黒に見えた中禅寺の着物は、濃い鼠色である。中禅寺が憑物《つきもの》落としをするときは黒衣に赤い鼻緒の黒い下駄《げた》、黒い手甲を嵌めている。今日の装いが、闇を纏《まと》うような憑物落としの装束ではないことに安堵《あんど》と共に疑問を抱いて問いかけた。

「薔薇と蜘蛛を別々にするんですよ」

当たり前のことのように中禅寺があっさりとそう応じた。

屋敷全体が淀《よど》んでいる。

海辺の空気が塩辛く粘ついて感じられるのに似ていた。部屋の隅に溜《た》まった埃と暗がりはただそこに立つだけで肌に染み込んでくる。暗がりはときに波になることがある。場の空気は人の心を変える。曇天の下で人の気持ちが陰鬱《いんうつ》になるように、古びたまま顧みられない屋敷に舞い上がる埃が人の心を変えることがある。

人は——環境に影響される。

カツカツと室内を歩きまわる音がする。なかに入ると人が右往左往している。見知った顔を見つけ益田はわずかに息を飲む。神奈川県警の刑事たちが屋敷のなかを走りまわっている。

中禅寺の後ろを付いていくことになったが、どちらにしろ益田もどこに向かうかを迷うことはないのだった。なぜなら榎木津の声とおそらく誰かを投げ飛ばしているのだろう大きな音がするほうへ進めばいいだけだからだ。

広い庭が見渡せる居間も渋谷の屋敷と同じだ。鉄格子の嵌められた窓を左に、右隣へと抜ける扉を開く。狭い廊下があり、続いて一般家庭では見ることのない類《たぐい》の巨大な冷蔵庫のある台所があった。山で採ったのか見たことのない茸《きのこ》が笊《ざる》の上に干してある。さらに進むと管理用の勝手口がありそこからは庭だ。

薔薇《ばら》が咲き乱れている。

地面には穴がいくつも開いている。

八原院はべたりと地面に這《は》いつくばって微動ともしない。もしかしたら気絶しているのかもしれない。

榎木津は横たわる八原院の背中に軽く曲げた片足を乗せ、棒を片手に持ち考え込んでいる。

榎木津の大暴れはいつものことだし、こてんぱんに人をやっつける手早さもいつものことだ。けれどそこで真顔になっているのはいつものことではない。

すべては混乱している。穴だらけの庭の端に人骨らしきものが転がっている。益田の顔見知りの交じった刑事たちが興奮気味に大声を出しあっている。青木は刑事たちの群れに飛び込んで聞いてまわっている。

——子どもの死体。

――中禅寺さんがあると云っていた。

――台所には米国から取り寄せた巨大な冷蔵庫が。なかに死体の残りがある。

――八原院が犯人だ。子どもの捜索願いは神奈川の。

うわんうわんと声が渦巻いている。青木の声が響いている。

益田はおそるおそる榎木津とその足に踏みにじられて気絶している八原院の側に近づいた。

榎木津が、

「僕はこいつが大嫌いだから成敗しているわけじゃないぞ。大嫌いなのと成敗は別だ。だから前に会ったときは叩《たた》きのめしはしなかった。大嫌いなのと事のついでが重なったから成敗しているのだ！　気まぐれだ！」

と、自ら、自身の気まぐれ具合に胸を張った。

「こいつは母性依存主義者で幼女性愛主義者の変態だ。変態なのはどうでもいい。人に迷惑をかけないならどんな変態だっていい変態だ。好きに楽しく変態として生きていけばいいのだ。ただ無理に殺したのは良くないことだ。とにかくだから成敗なのだ！」

ジョンが駆け寄り地面に跪《ひざまず》く。

「名探偵榎木津礼二郎さん」

「なんだ？」

膝《ひざ》をついた姿勢で榎木津を見上げたジョンに榎木津が胸を張って返事をした。

「それでは——この人は薔薇なのですか？　俺は薔薇を助けられたのですか？」

「うん？　それとこれとは別の話だ。これはこけしの領分だ。そうだろう拝み屋？」

いつのまにか益田の背後には中禅寺が立っていた。中禅寺は腕組みをしてすべてを眺めている。

「そうだな」

「では、意識を取り戻しても薔薇は私の薔薇ではないのでしょうか」

真剣な面持ちで祈るように問うジョンを中禅寺は鋭い目つきで見下ろした。眉間《みけん》に深いしわが刻まれている。

「ええ」

「ということは八原院は私の薔薇では……ないのでしょうか。……名探偵榎木津礼二郎さんは不思議な力を持っているらしい。真実を見抜く力……そうですね？　そういうものがあるらしいと噂で聞きました。私はその力に賭《か》けたのに……」

榎木津はふんぞり返って話を聞いている。ジョンが真顔な分なんだかとても滑稽《こっけい》な光景だった。

倒れた男を足蹴《あしげ》にする美貌《びぼう》の探偵は遊びの途中の少年のように棒きれを片手に持って大威張りだ。周囲の地面は穴だらけ。刑事たちはまだあちこちの穴を掘り、報告のためか急いで駆けだす者もいる。

榎木津の前に許しを請うように膝を突く何処か河童《かっぱ》に似た男。

閻魔《えんま》顔の和服の中禅寺が深刻な顔つきでジョンを凝視している。

事態が見えていない関口はぽかんと口を開け、ときどき窺《うかが》うように益田へと視線を向ける。益田もなにひとつ解らないから「お手上げである」と両の手のひらを空に向け首を左右に振った。関口はさらに暗い顔になった。

「いいえ。八原院はあなたの薔薇ですよ」

中禅寺が厳《おごそ》かに告げた。ジョンがはっとしたように目を見開いた。

「……それはどういう意味ですか？　私は薔薇を助けられてはいないけれど、八原院は薔薇である……と？」

「薔薇はひとりではない。あなたもそう思っていたのでしょう？」

「……はい」

「そういうことです。これからもうひとりの八原院に会いにいきましょう。屋敷に戻るんです」

そう云って中禅寺が屋敷を指さした。

全員の視線が屋敷へと向いた。

と――。

青木が足早に近づいてきて「榎木津さん、中禅寺さん」と声をかける。

「なんだ。こけし。こけしもこいつを足蹴にしたいのか。あまり足置き心地はよくないがやりたいならしてもいいぞ」

榎木津は八原院の背中から足を下ろして青木へと譲る。青木は目を白黒させて、

「いや。足蹴にはしなくていいんです。ですが八原院さんは重要参考人なのでこのまま神奈川県警の刑事たちに連れていかれることに」

「うん。そうだな。拝み屋、河童さん、こいつを引き止めなくてももういいか？　こいつが息を吹き返しても逃げないように足を置くのも飽きてきたぞ」

足蹴にしていたのにも榎木津なりの意図があったらしい。

どやどやと刑事たちが取り囲む。八原院のまぶたがぴくぴくと動く。やっと意識を取り戻したのだろうか。

「……いったい、なにが」

八原院が目を開けて見回し、かすれた声を上げた。

「なにが起きたかというと天罰だ！　母性依存者で幼女性愛主義者の変態であっても問題はない！　ただし殺したり切ったり切り取ったり動かしたり埋めたりしたらもう駄目だ。それは正しくない。正しくないことを僕は許さない」

八原院の身体を刑事たちが抱えあげ手錠をかけて引きずり上げる。

ぼんやりとした顔で八原院が榎木津に問うた。

「正しいってなんですか？」

細い手を刑事たちに持ち上げられやけに華奢《きやしや》でいたいけにも見えた。八原院はふらふらと頼りなく教えを請う人の目をしていた。

「正しいとは——僕だ！」

ああ、とため息をひとつ押しだして——八原院はどうしてか小さく笑った。

榎木津はその笑顔を冷たく見返した。

そのまま八原院は刑事たちにうながされ素直に引き立てられて歩いていった。青木が益田に小さく頭を下げ、刑事たちと八原院とに付いてその場を去っていった。

何がどうなっているのかは益田には解らない。解らないまま、みんなで屋敷へと戻った。

「僕は前にこの屋敷に来たことがある。八原院さんから仕事を振られて断りに来たんだ。八原院さんは薔薇を憑《つ》けてくれと僕に依頼した。僕は憑物を憑けたり呪いをかけたりという仕事を引き受ける気はなかった。その際にこの屋敷の不思議な構造に気づいた。この屋敷は山に沿って建てられている。斜面を抉《えぐ》って土台を組み立てた家屋の軒下はがらんと広い空間になっている。正面から見れば真っ直ぐだが裏手の崖《がけ》から見ると下部に継ぎ接《は》ぎをあてたような不自然な形で軒下に広い空間があります。おそらくそこに地下室がある」

中禅寺がそう云った。

「地下室？」

益田が聞き返すと中禅寺がうなずいた。

「ええ。その地下室に気のふれた母と閉じ込められて薔薇の片割れは育ったのですよ」

中禅寺が云う。

依頼人は背中を丸めとぼとぼと中禅寺のすぐ後ろを歩いている。

屋敷の奥には中禅寺が語った通りに、地下室へと下りる狭くて暗い隠し階段があった。床の戸板を跳ね上げて、中禅寺が先頭に立ち階段を下りていく。

「ジョンさん。あなたは最初から『誰が東京ローズ』かも『その東京ローズがどこにいるのか』も解ったうえで薔薇十字探偵社にいらしたのでしょう」

それは調査の途中から益田も薄々気づいていたことである。ジョンに云われたとおりに調査をしたらするすると物事が進んでいった。探偵に頼まずとも自分で華園小路葉子を訪ねればいいだけのことではないか。

益田のすぐ前のジョンの肩が揺れた。少し経ってから押し殺したような声の肯定の返事が響いた。

「そうです」

「さっき、薔薇の片割れである八原院の前であなたは本心を零《こぼ》しました。薔薇十字探偵社に依頼したのはあなたが榎木津礼二郎という男の能力を知っていたからだ。探偵はいつでも真実を見抜くのです。あなたは東京ローズを捜すのではなく、ただ助けたかっただけだった」

「……はい」

階下まで下りるとすとんと世界は暗くなる。狭い廊下に靴底が当たりカッカッと甲高い音が鳴った。廊下の高いところにぽつんと置かれた明かりが黄ばんだ光を丸く落としている。

「八原院郁は東京ローズのひとりであった。戸籍を女と偽って女性のふりをしてゼロ・アワー放送に参加した。女にしては低いかすれた声が短波に乗ってあなたを惹《ひ》きつけた。そうですね？」

「……そうです」

八原院が東京ローズだというのか。

では薔薇は、彼なのか？　いまさっき警察に連れていかれた八原院郁という美貌の男――榎木津に黒薔薇と喩《たと》えられた彼が。

「あなたがそれに気づいたのは渋谷のサロンで八原院と何度か会ってからだ。それ以前にはあなたと八原院の接点はない。とにかくそこであなたは気づいてしまった。八原院が実は東京ローズだと。ところが問題は、その性別です。彼は男だ」

「はい。知っています」

「僕は彼の戸籍を確認しました。出産に立ち会ったという医師の話も聞いている。特に変わったところのない真っ当な戸籍に見えました。ただし彼には実は妹がいた。双子でした。でも生まれてすぐに死んでいます。医者の話でも戸籍上でもそうなっていた。死産」

「双子？　双子の妹がいたのですね。ああ。だからですか。それで彼は――彼女になったのか。きっかけは、あったんだ……」

ジョンが不思議なことを云う。

彼が彼女になったとは、なんだ？

「あなたは元GHQ職員で日本を離れて以降も日本に残った知人たちから榎木津のいろいろな情報を得ていた。警察関係者にももちろん知り合いがいたのでしょう」

「おりました。信頼できる筋からの噂でしたから、理論は不明でも能力が慥《たし》かにあることは信頼できました。けれどなによりいくつかの事件とその解決について聞いて、俺は薔薇十字探偵社の探偵は正義の味方だと思ったんです。武士道の人だと。ですからそこに賭けました。有能なのだから俺が語らずともいずれ真相に行きつくと思いました。そのうえで東京ローズを外に解き放ってくれると思ったのです。戸籍の上でも。社会的にも。それから別な意味でも。八原院郁という大きな会社を経営し社会的な地位を得た彼から、彼女を解放して取り戻したい。ただそれは――本当に賭けでした。俺が動いてどうにかなることではなかった。特別な力が必要だと思いました。彼のなかの彼女に働きかける大きなものが。揺り動かすようななにかが」

彼から、彼女を解放したい。

ジョンの言葉を益田は混乱したまま聞いていた。なにを話しているのかいまだ把握できずにいる。

中禅寺が立ち止まり、振り返った。追いついた榎木津が退屈そうな無表情で中禅寺の横に並ぶ。

ジョンに向き合い中禅寺が静かに問うた。

「あなたは一度は本国に帰国している。日本にいるあいだに彼女に手を差しださなかったのはどうしてなのです？」

「はい。この春に米国の僕の手元に手紙が届いたのです。『助けて欲しい』と。どうやって僕の住所を知ったのかについては不思議には思いませんでした」

ジョンが云う。

日本から離れて月日を経て、一枚の手紙が海を越えて届いた、と。

そこにはこう書いてあった、と。

『助けてください。あなたには私の本当の秘密は云えなかった。あのときはまだ云えなかった。私はずっと囚《とら》われているのです。どうぞここから私を解き放ってください。私は──』

「あえていまあなたが動いた理由はただひとつ、本人があなたに助力を請うたからだということですね。それで、偽名を使い、薔薇十字探偵社に出向き、榎木津礼二郎の力を請うて──彼女を捜す努力をした。居場所がわかり、接触を図ろうとも、あなたには彼女を捜せないとあなたは判断した。なんらかの衝撃を与えない限り、彼女は出てこないと」

つまり──と中禅寺は続ける。

「つまりあなたは八原院郁は二重人格者で、ときに男になりときに女になると、そう考えていた。そうですね？　八原院のなかの女性の人格を引きだして固定させるために第二次大戦のときのような大きな衝撃と、八原院が『男』として生きていけなくなるなにかが起きなくてはならないとあなたは考えた」

──二重人格？

益田はのけぞって中禅寺とジョンを交互に見比べた。

「そうです。サロンでのやり取りで俺は八原院の二面性に気づきました。まるで別のふたりの男女の入れ代わりと話しているようでした。俺は──一時期精神医学を学んでいたことがあります。それでピンときたのです。八原院郁は二重人格者で、俺の東京ローズは彼のなかの別な一面であるんだと。俺は──彼女の救出を、不思議な力を持つという名探偵に賭《か》けました。それで……どうなんですか？　俺の薔薇は無事に助けだされたのですか。その身体の中身はいったいどちらの薔薇なんですか。棘《とげ》のある薔薇か。それとも――」

ジョンの視線は中禅寺と榎木津と益田との顔をくるくると巡った。

「棘のある薔薇です」

ああ……とジョンは長い吐息をついた。

それでは八原院郁は――実際に東京ローズだったというのか。

男であり、女でもある。ひとつの身体にふたつの性を持って過ごしていたのだと？

「無理……だったのか。もっと……もっと大きな仕掛けをしなければ……無理だったのか……!?」

「いいえ。あなたは端《はな》から間違っていた。彼はずっと彼のままだった」

「それはいったいどういう……」

「いきましょう」

中禅寺の声が強く響く。

ジョンがごくりと喉《のど》を鳴らし唾《つば》を飲み込んだ。

再び前を向き中禅寺が歩いていく。カツカツと靴音がする。自分たちの歩く音。響き渡る足音に合わせて心臓が脈打つ。なんだかとても息苦しい。

行き着いた先にある大きな観音開きの扉を開ける。扉は二重になっている。奥にあるのは頑丈な鍵《かぎ》のついた牢獄《ろうごく》のそれで細長い柵《さく》の向こうには薄暗いが広い部屋があった。

鍵は閉められてはいなかった。

部屋の壁の高い位置にある明かり取りの窓から光が斜めに差し込んでいる。この窓もまた鉄格子が嵌《は》められている。部屋のあちこちにぽつりぽつりと赤と白の塊が浮かび上がる。なんだろうとよく見ればそれはすべて生けられた薔薇の花であった。

ぎぃ、と音がする。

扉の鍵は閉められていない。

部屋の壁際に、暗い塊が佇《たたず》んでいる。

下半身はぼてりと重たげで大きく、上半身は人の姿の影である。異形《いぎょう》に見えた。

——大きな胴体に細い手足を左右に張り出した蜘蛛《くも》。

「……人喰《ひとく》い蜘蛛」

関口の声がした。

益田のうなじがざわりと粟立《あわだ》つ。つぶやいた言葉が室内に舞い散った。さざ波みたいにたゆたう声が空気の底に沈み落ちていく。

ぎぃ、ぎぃと軋《きし》む音をさせて影が近づいてくる。大きな暗い塊が座敷牢《ざしきろう》の向こうからこちらへとするすると動く。蜘蛛の巣を滑る蜘蛛のようにするすると。人の歩行ではない動きで。

中禅寺は扉の前に立っている。

榎木津が中禅寺の横にいる。

部屋を動く黒い塊は扉へと近寄るにつれ輪郭を露《あら》わにする。

ぎぃ、ぎぃ、と音がする。窓から零《こぼ》れた光が三角の形に異形に降り注ぎ、蜘蛛の形から車椅子に乗る人の姿へとゆっくりと変貌《へんぼう》していく。

ぎぃ、と車輪を押し回し女は扉の前に辿《たど》り着いた。


「あなたが——東京ローズですね」


中禅寺は車椅子の女へと声を落とした。

饐《す》えた嫌な匂いと薔薇の甘い香りが混じり合っている。

扉の柵に指を置き、見上げる女の顔は八原院郁のそれである。漆黒の濡《ぬ》れた双眸《そうぼう》に黒い巻き毛。白皙《はくせき》の小さな顔。柔らかく口角を上げた赤い唇が開き、言葉をつむいだ。

「はい」

かすれた潮騒《しおさい》の声であった。

「ジョンさん。これがあなたが探していた真実だ。八原院は二重人格者なんかじゃなかったんだ。あなたが会った東京ローズは八原院郁の双子の妹なんです」

中禅寺が告げた。

「……なんだって？」

ジョンが声を上げた。

呆然《ぼうぜん》と立ちすくみ車椅子に乗る女性を凝視している。

「……ああ。あなたは……いらしてくださったんですね」

彼女は中禅寺の後ろにいるジョンに目を留めた。印象的な綺麗《きれい》な黒い双眸がぱっちりと見開かれる。

ジョンと彼女の視線が交差した。

「きみは……きみが……薔薇《ばら》なのか？　薔薇はふたりいたのか？　本当にふたり？　きみは……イミテーションダイヤの」

私のローズ、とジョンがつぶやいた。

「ええ。ええ。ダイヤを……差し上げました。私を見分けてくださった方に、私の、まがい物のお守りを持っていただくことで、私が救われるような気がして。覚えていてくださったのね」

「覚えていたとも……きみのことはずっと忘れたことはない。でも、どうして……。すまない。混乱している。これは……いったい」

一歩前に踏みだそうとするジョンの進行方向に、中禅寺と榎木津が立ちふさがっている。押しのけてローズである女性へと近づく勢いは、いまのジョンにはなかった。狼狽《ろうばい》し、困惑している。

「あなたは？　いつぞやの拝み屋さんですね？」

ジョンの顔から再び中禅寺へとまなざしを巡らせ、自身が東京ローズであることを認めたときと同様の素直な云い方で、車椅子の上の薔薇が優しく尋ねる。

八原院郁本人――男性の八原院の声よりはもう少し高く、物憂げな声だ。

「ああ。そうですね。あなたと会うのは二度目になります。前に来たときは僕は拝み屋でしたね」

「それでは、あなたは今日はいったいなんのご用でいらしたのかしら？　依頼は断られたはずだったのではないかしら？　それになんだかずいぶんと上は騒がしいようなのだけれど……」

わずかに首を傾げる。表情に、少女めいたあどけなさが浮かび上がる。

「僕は、薔薇と蜘蛛を切り離しに来たのですよ」

中禅寺が応じる。よく響く声である。

薔薇はふたりいた。

ひとりは男で、もうひとりは女。

では——蜘蛛とは誰だ？

「戸籍の上で死産とされたまま妹であるあなたは屋敷でひっそりと育てられ母子ともに閉じ込められていた。それも出生に立ち会った医師に確認しています。戦時の一時期、妹は兄と入れ替わった。戸籍が間違っていた実は女だったと身体を役場や軍の人間に見せて、兵役を逃れその時代を乗り切ったんだ。実際に女性の身体を持つ同じ顔の人間が目の前に現れたなら戸籍の不備だということで不問にするしかなかっただろうね。相応に金銭も動いただろうが。戦争の時期だけ双子の男女は入れ替わっていた。当時を知る者からの話も聞いた。医師から軍部に提出された証拠のカルテはここにある。八原院郁は女性だと書いてあるよ」

カルテを持ち出したのは益田だった。屋敷に到着してすぐに、中禅寺に渡した封筒の中身は裏付けの確認の一枚だったのか。

「探偵はそれが解っていたはずだ。それこそ探偵の不思議で全能な力において。そうだろう。榎木津？　榎木津なら判断できただろう？」

益田は余計に混乱した。

ジョンは八原院を二重人格者だと疑い——女性としての人格を「助け」だそうとして探偵の奇想天外な力と奇跡に期待して依頼した。

けれどそもそもの二重人格としての前提は間違っていて――男女の双子が一時期だけ入れ替わって過ごしていた。その女性であった時期の八原院郁とジョンは巡り会っていたというのか？

「うん。薔薇は双子だ。最初はなんだか解らなかった。あちこちに同じ顔が出てくるから、ずいぶんよく歩きまわる薔薇人間かと思っていたよ。でも本人に会って解った。男だか女だかなんてどうでもいいが、河童《かっぱ》さんの見た薔薇とこのバラバラは別人だ。どれだけ顔が似ていようとも」

あっけらかんと榎木津が応じる。

「そう……だったのか。声こそ高低の差が出て違っていたが、それでも顔はそっくりで……」

狼狽《うろた》えるジョンに榎木津は首をわずかに傾げた。

「声は知らなぁい！　顔は解ぁる！　河童さんは見る目がないなあ。だから間違って魔法瓶に光る石を入れたのだろう？　持ち帰ったところであれはただのまがい物だ。間違えたのだな！」

「慥《たし》かに私はまがい物のダイヤを受け取り、持ち帰ったが……」

固まったきりのジョンに榎木津が高笑いする。

「河童さんはＧＨＱでもらった飴《あめ》とチョコレエトを子どもたちに配った。石より飴だ。あまぁいしなあ。河童さんはそういうくらいの西洋河童だ。だから河童さんにはもっといい胡瓜《きゅうり》が必要だ」

深くうなずく榎木津はあくまですべて本気で云っているのだ。益田は榎木津の性格の奇《き》天烈《てれつ》さは熟知している。悪意は一切ないが悪気なら少しある。否、善意はあるがおそらくとにかくそもそもの性格が悪いと云えばいいのか。

「榎木津の話した通りだ」

中禅寺が云う。

「いいですか。信じられなかろうと結論はひとつだ。実際に見たら信じないわけにはいかないでしょう。彼には双子の妹が——いるのです。ここに」

そう。

慥かにここに車椅子の女性がいる。

八原院郁とまったく同じ顔の女性が。

「双子の妹は戸籍を消され表向きは死亡したことにしてこの屋敷の奥で育てられた。人里から離れた屋敷の奥で彼女は育ちます。気のふれた母と……。そしてこの女性こそがジョンさん、あなたの薔薇だ。さらには——蜘蛛でもあるんだ」

「蜘蛛？」

「彼女はいま薔薇であり、蜘蛛でもある。榎木津が云うところの鳩の娘を身のまわりの手伝いにして、彼女は、自身は屋敷に閉じ込められたままで世間と交流を得ていたのでしょう。手伝いの少女は僕の家にも手紙をたずさえてやって来ていた。自分では外には出られないからと手紙にしたためて依頼を託した。だから僕は、前にここに来ているのです。僕は——薔薇の声を直に聞いている。そして東京ローズの声も、僕は知っているんですよ。当時の短波ラジオで聞いたことがある」

薔薇の花の香りがする。

「僕を呼んだのは双子の妹のほうで——妹は詳細は告げずに『八原院郁に薔薇の精を憑《つ》けてくれ』と頼んだんです。そのときはまだ僕はことの子細は解らずにいた。八原院郁がふたりいることは理解したが、それは僕には関係のない話だった」

黴臭《かびくさ》い匂いもする。

「妹は兄の精神を案じていた。母と同じ道を辿るのではないか——その兆候が見られるが兄は自分の話を聞いてはくれない。それどころか自分を亡くなった母と混同している節が見受けられる。どうにかしたいと妹は泣いていた。できるものなら幼き日に母にもらった善なるものを——たとえば薔薇の花とその香りが象徴する美しいものを、兄に呼び戻してくれと頼まれた。僕はそれを断った。それは医者の領分だ」

車椅子に座る薔薇はじっと耳を傾けている。精巧な人形めいた美貌《びぼう》に、うっすらと淡いまがい物に似た笑みを刷《は》いて。

「青木君が保護をしたのは彼女の鳩だ。手伝いの少女の話が曖昧《あいまい》だったのは仕方がないことです。なんらかの幻覚作用をもたらすものを彼女はずっと盛られていたのだから。薬物の効果が強いあいだは瞳孔《どうこう》が開く。真っ黒に艶艶《つやつや》と輝くように。青木君が見た少女の目はそれだったはずだ。薬物のせいで光がまぶしく世界は歪《ゆが》む。人の形も変わって見える。彼女は通常ならば見えないものを見ながらここで主《あるじ》に仕えていた。屋敷のなかを上から下に瞬時に移動など、ひとりの人物がそんなに素早く動けるはずがあるものか。彼女は双子の主を、ひとりの主だとずっと認識していた。思い込まされていた。主は最初から二人いたんだ。兄と妹。八原院が手伝いに少女しか雇わないと決めたのも妹のためだ」

「そうか。妹が……彼女が屋敷から出られないから、それで」

声を潜めて益田はつぶやいた。

「あなたは病を患っている。未《いま》だ治療法も確立していない筋肉が萎縮《いしゅく》していく病のようだ。手足の痺《しび》れからはじまり、転倒するようになり——車椅子になり——あなたはこの屋敷から出ることを諦《あきら》めた。物理的に」

中禅寺が東京ローズに向かって囁《ささや》いた。

「——はい」

ローズがうなずいた。

益田が入手した医師のカルテの一枚には母親の病状が羅列されているらしい。益田には読めない崩れた筆記体の文字から中禅寺は必要な情報を拾い上げる。拝み屋である中禅寺は言葉と言葉のあいだに紛れた呪いまでもをたぐり寄せ、器用に指でからめとっている。中禅寺こそがまるで蜘蛛《くも》だ。世界のなかにかけられた蜘蛛の巣を益田は見ることができず、中禅寺に足止めをされて「そこに巣がある」と指をさされ、やっと透明な糸がぐるぐると張り巡らされていることに気がつくのだ。

「あなたの兄の心は病んでいる。手を尽くしてみたが、あなたは兄を諫《いさ》めることは無理だと解った。兄が社会的に倒れてしまえば、あなたはここで枯れて尽きるしかない。最後の最後にあなたはとうとう不安になった。それで彼に手紙を出して呼び寄せた。自分を捜し、助けてくれと」

「はい」

かすかに声が震えていた。

やっとジョンは中禅寺を押しのけ、扉に手を当てた。扉を引き開けると女はまぶしいものを見るかのように目をわずかに細め、ジョンに向かって微笑んだ。

「来て……くれたのですね」

ジョンは大きく息を吸い込み、さまざまな思いを込めたような深みのある声で「はい」と返した。

「あなたに手紙を出したのは私にとっても賭《か》けでした。果たしてあなたが本当に私を助けてくれようとするのか解らないまま、でも」

「俺は来た。あなたを助けに。勘違いをしていたけれど、それでも間違いはしなかった。俺の東京ローズ」

「ありがとう、ございます」

女にしては低い、けれど蠱惑《こわく》的な声で車椅子に乗る薔薇が云う。薔薇の白い頬を涙がひと筋、伝い落ちていった。

6

私は蜘蛛になったのです。


そう、八原院郁は刑事に語ったのだそうだ。

八原院郁は刑事たちを手こずらせることなくすらすらと淀《よど》みなく自供をはじめたのだと聞いた。

ときには詩的な表現を交え、書き取る者の手が追いつかないほどに、水が上から下に流れるがごとく語ったらしい。

ずっとその日のことを誰かに語りたがっていたかのように。


はじまりは尿意を覚えたというそれだけです。

我慢できないほどのものではなかったのですが丁度そこには小学校がありました。見知らぬ人の家に入り込むことはできませんが公立の小学校は誰でも入ることが可能でした。実際、よくそうやって学校の便所を利用している人は多かった。

用足しのためについでに小学校に寄りました。どこの学校も鍵《かぎ》などかかっていません。放課後でした。子どもたちはもうとっくに下校し教室は無人でうっすらと四方に闇がつまりだしておりました。

どうしてでしょう。夕暮れの室内というものは隅から順に闇が重なり降り積もっていく。壁も窓も天井もまだぼんやりと明るくてけれど壁の下のあたりから薄墨に塗られていくようなそんな景色でした。

忍び寄る夜の気配のなかで空気はしっとりと湿っていた。見知らぬ暗い光景のなかでひとりで立つとき、私の脳裏には自然と蜘蛛の巣が浮かび上がるのです。もうずっとそうでした。生き物の吐息が昼じゅうぼうっと空気のなかに零《こぼ》れ落ち、町のあちこちに糸となって張り巡らされているような気がするのです。

幼い日の雨上がりの朝に見た、木立に無数の蜘蛛の巣がきらめいていた情景の美しさとおぞましさが忘れられないせいでしょう。

目に見えない呼吸が糸になり、気温差で白く結露して滴を垂らして蜘蛛の巣になって姿を現す幻想は私を捕らえて放さない。幻想のなかで私はときに蜘蛛の巣にかかる犠牲者であり、ときに中央に座す蜘蛛でありもします。

なり得るのなら私は蜘蛛になりたい。

餌になるよりは。

私は便所を探して歩いていた。はじめて通りかかった場所ではじめて足を踏み入れた学校だった。でも学校の間取りなどどこも似たようなものだ。迷うこともなく私は廊下を歩いていった。

ふと、音がしたのです。

軽い足音が聞こえてきて、私は自然に物陰に身体を隠した。咎《とが》められることもなかったのでしょうが、それでも隠れてしまった。咄嗟《とっさ》の行動でした。

こっそりと覗《のぞ》き見る私の目の前を少女が走っていった。

小学校の暗い廊下を走る少女の赤い洋裙《スカート》が翻り私は唾《つば》を飲み込んだ。

ぺたぺたと軽い靴音をさせて走る少女の靴の裏のゴムが西日に黄色く光った。長く続く廊下の窓から光が注いでもう片側の壁と床に白黒の陰影がついていた。私は息を詰めて静かに後ろを付いていきました。歩いて行くにつれ廊下の先がずいぶんと果てなく小さなものに見えたのでした。眩暈《めまい》がしました。

床と壁に日差しが白く浮き上がらせた窓の形の四角が延々と続いている。床に転写された光は窓硝子《ガラス》の歪みをそのまま映し出してゆらゆらと揺らいで見える。なんだかひどくすべてが遠く思えて私は少女の足音だけを頼りにそうっと後を付いていったのです。

少女の目的も私と同じもののようでした。すぐに彼女は女子用の便所に辿《たど》りつき入り口をくぐって中に入っていった。幾つか並んだ便所の扉のひとつを開けて彼女はそこに飛び込んだ。

少女は扉を閉めずに洋裙を勢いよくたくし上げました。下着をずりおろし便器にしゃがむ少女の白い臀部《でんぶ》と太ももが剝《む》き出しになっていました。

私はそれを見た。

その瞬間、私の頭のなかで光でも焚《た》かれたかのようにそれは真っ白に灼《や》けたのです。まぶたを閉じてもそのまな裏に脂の滲《にじ》み出てくるような白い尻《しり》と太ももの肉が浮き上がってくる。息が苦しくなりました。

私はその白さに似たものを過去に見たことがある。私の母の肌です。

「I'd like to be a spider」

母は父がいなくなるとひたすらに泣いていた。母は育っていった私のことをときおり父と間違えて私に請うた。私はそれに従った。母の乳房は白く柔らかく私はあれより愛《いと》おしいものを他には知らないのです。

少女の臀部はそれに似ていた。

閃光《せんこう》に灼かれた私はふらふらと彼女に近づいた。

その後のことはあまり覚えてはいません。ただすべてが終わった後には私の尿意はもう収まっておりました。私の手元にはぐったりと事切れた少女の亡骸《なきがら》が残されていた。白い太ももには鮮血が垂れていました。


人を殺すのはいけないことです。

そのようにいまどきはなっております。戦争という大義名分がなければ私たちはもう人を殺すことも痛めつけることもできません。それに私は人を殺すのは好きではないのです。理由のない殺害は良くないことだと思っています。

どうしたらいいのかわからず私はそのまま彼女を抱えあげ見つからぬように歩いて立ち

去りました。私のいた痕跡《こんせき》も少女の抵抗の後もあまり残ってはいないように見えました。

※

人喰《ひとく》い蜘蛛などいなかった。

いたのは幼女性愛主義者の人殺しだ。

殺したのは、双子の兄である八原院郁だ。

そしてジョンが捜していた東京ローズは、八原院郁の双子の妹だった。


この事件には憑物《つきもの》はいない。

ただ右往左往する人がいただけだ。チチュウである蜘蛛のようにあちこちを彷徨《さまよ》いて狼狽《うろた》えて人は現実世界をくるくると巡っている。

八原院郁は過去に幼女を強姦《ごうかん》し殺害した。黙秘することなく存外たやすく自供をはじめた八原院の様子はどこかふっきれたようなものだったとは青木の伝聞である。屋敷で双子の妹の世話係として身よりのない少女を連れてきて仕込んでは――少女たちが事態に気づき、薹《とう》が立つ前に、間引いて殺して埋めたのだと淡々とその子細を語ったのだそうだ。

殺してしばらくは冷蔵庫で保管し、眺めるのにも向かなくなれば薔薇《ばら》屋敷の庭に埋めていたのだそうだ。妹の使う車椅子を死体の運搬に使っていたのだというから虫ずが走る。少女が見た人喰い蜘蛛の幻影はそのときのものらしい。

八原院自身と手伝いの少女は、幻覚作用のある野生の茸《きのこ》を干したものを定期的に飲食していた。裏山に自生していたのを発見したのは彼らの母親だったらしい。食し方や効能を書き留めたものが地下に残されていたという話だ。

干したものをスウプに入れて飲ませていたのだそうだ。理性を失わせ、八原院の思うように操作するために。そして自分自身の快楽のために。

どうやら新種の茸のようで成分含めこれから詳しく調べられることになりそうだ。

庭の敷地が死体だらけになったからというわけではないが八原院は渋谷に新しい薔薇屋敷を造った。冷蔵庫に入りきらなくなった腕をひとつ鞄《かばん》に詰めて、手伝いの少女を連れて、渋谷にやって来た。実際それまで何度かそうやって渋谷と神奈川を自家用車で行き来したらしい。

「あの子は薹が立ちすぎた」

八原院はそう云ったそうだ。もっと早くに殺してしまえば事態に気づいて逃げることもなかっただろうと。とんだ殺人鬼である。

ところで——八原院の双子の妹であった東京ローズは、兄の所行についてはうっすらと気づいていたらしい。

そもそものすべての発端――妹が死産とされて間引かれた理由は、双子だったかららしい。双子は忌み嫌われるもの。しかも心を病んだ異国の女性の産んだ女児。育てるわけにはいかないと当時実権を握っていた当主が断言し、そういうことになったとか。

それもまた八原院郁の語りによるものなのでどこまで本当かは疑わしいが、いまとなっては過去のいきさつはどうでもいいことのようでもある。なにせ先代はもう鬼籍に入っている。確認を取ることもできず、またその必要もない。嘘をつく意味も不明だから、きっと八原院郁の語った通りのいきさつなのだろう。

間引かれたが屋敷の奥で母と共にひっそりと過ごし、生きのびた。

戦時にその生存と性を利用され、八原院郁として外に出て八原院家のために働いたのは妹のほうである。陸軍中野学校に所属したのも妹のほうであったとか。中野学校の内部の様子は所属しているものにしか不明なもので、卒業したものも皆、多くは語らない。だから経緯についても詳しくは語られることはないだろう。

とにかく八原院郁という男を大切に慈しんで育てるために八原院家の当主はかなりの無理を押し通したのだった。

そのおかげで歪《いびつ》で美しい薔薇が育ち、花開いた。

二十歳を超えて時代の流れでやっと外に押しだされることが可能になった「日陰の薔薇」

の心中はいかばかりだったことだろう。あの時代の空気は暗かった。けれど日陰育ちの薔薇にとっては、それでも充分に明るさに満ち、華やいだ世界だったのではないだろうか。

だから薔薇は戦後もたまに外に出ることを望み、そのときには当主は代替わりをしていた。兄は妹に負い目があり渋谷のサロンにときおり妹は兄のふりをして通うようになった。

八原院の妹の戸籍についての今後の手続きは複雑なものになるらしい。とはいえ八原院郁の企業経営を、近年、背後で支えていたのは実はこの双子の妹のほうであった。蜘蛛《くも》のように情報の糸を張り巡らせて屋敷にいながらにして世界と日本の経済の流れを読み、双子の兄に企業の展開について意見をし、動かしていた。そもそも「これからの日本の女性には上質で綺麗《きれい》な下着が必要」と下着の貿易と会社の経営を勧めたのも妹のほうらしい。なかなか天晴《あっぱ》れな女性である。

こちらの事件に関してはすべてがうやむやに闇に包まれたまま曖昧《あいまい》に終わらせることになる。東京ローズの正体を明かすことで迷惑を被る人間が多すぎる。

依頼の趣旨は東京ローズを捜し、助けることだった。それさえ終わらせれば事は足りる。依頼は無事に果たされた。

そしてふたつの事件は蔦《つた》のようにからみあい——だから大きく騒がれることなく消えていくのだろう。もく星号の事故のように。東京ローズの歴史のように。公に詳しい事実を残したくない事件というのはときに押しつぶされて流されることもある。

元GHQの職員である依頼人は断言はしなかったが、そう云った。

ある筋はこの話を曖昧にしたいだろう。そして自分はそれでいい。薔薇が助けだされ、ひとりの人間として外に立つ場を与えられれば、自分はそれで満足だと。

車椅子に乗るひとりの女性のこれからの残り少ないかもしれない未来に、間に合ったのだからそれで自分は満足だ、と。


青木も益田も蜘蛛と薔薇の事件の関係者として事情聴取に呼ばれ、しばらくは忙しく駆けずりまわることになるようだ。榎木津も呼ばれたが刑事たちは榎木津の名調子にやられて辟易《へきえき》となり早早に解放した。関口は関口で「ああ」とか「うう」とか唸《うな》っているうちに呆《あき》れられたのか解放されてしまった。

騒動の後は心がやけにざわざわとする。ひとりで家に籠《こ》もっていると思考が行きつ戻りつをくり返し、行き場のない思いが淀《よど》みはじめる。

だから関口は今日もまた眩暈坂を登った。

京極堂は例によって『骨休め』の木札を下げている。関口は指先で木札にそっと触れ、母屋へと向かう。声をかけたが誰も出てこない。細君は留守なのだろう。

勝手口から回り込むと、人の声がした。

「人ひとりの戸籍がどうとでもなっただなんてけったいな話ですね。驚き栗の木ですよ。徴兵逃れに女だと云い張ってそれが通るなんてね」

　赤井書房の鳥口の声である。

　そういえば関口は赤井書房に顔を出す予定があったのだ。道の途中で具合が悪くなり、ふらふらと薔薇十字探偵社へと足の向きを変えてしまったのは何日前のことだったか——。

「どうとでもなったさ。現にきみのよく知る関口くんは本当なら赤紙が来ないはずの理系の学生なのに手違いで出征してしまった。そんな程度だ。戸籍なんて」

「うへぇ」

　鳥口の口癖でもある相づちを聞きながら、関口は縁側から座敷を覗《のぞ》き込んだ。「よ」とも「お」ともつかない声をかけると、鳥口が「関口先生！」と声を張り上げた。

「いまちょうど関口先生の話が出たところです。噂をすれば禿《は》げですね」

「影だよ」

　上がり込むと京極堂が、

「挨拶《あいさつ》もなしに勝手に上がって何だい？　きみと違って僕は何かと忙しいんだ。これから出かけるところだというのに示し合わせたようにやって来て上がり込む」

　と片眉《まゆ》を持ちあげる。

「一応呼んだんだ。返事がなかったからこっちに回ったよ。僕のいないあいだに僕の悪口を云っていたからって邪険に扱うことはないだろう」

「悪口なんてひと言も云ってやしないぜ。事実じゃないか」

「そりゃあそうだが」

「でもちょうどいいですぜ。僕は少女バラバラの薔薇屋敷の事件の詳しい話を聞きにきたんです。関口先生も事件の現場にいたそうじゃないですか？」

「いたけれど、これはカストリの記事にはできないぜ」

「じゃあ小説として書いてしまうのはどうなんですか？　書きかけの小説があるって話じゃないですか。益田君に聞きましたよ。しかも二作」

「どうして益田君がそんなことをきみに」

「ひとつは風蜘蛛の話だってことも聞いてますよ。関口先生、僕が話したことを小説にしてくれたんですねぇ」

「そこまで詳しく話したのかい。益田君ときたらなんて口の軽い」

いきなりどっと汗が噴きでる関口であった。よりにもよって担当の編集者のひとりに書きかけの小説があることを知られてしまうとはどうしたらいいのか。なんといっても書きかけである。完成はしていないしなにより駄作だ。

「そこの……京極堂にも読んでもらっていたがね……つまり箸《はし》にも棒にもかからないつまらない小説もどきだと云われて、だから」

「よろしくないところがあると云っただけだ。それに風蜘蛛のくだりはなかなかいいと僕は云ったぜ」

いつかと同じことを京極堂に云われ、関口は話を逸《そ》らしたくて煙草を懐から取りだして火を点《つ》ける。ゆっくりとふかし、庭のほうへと視線を泳がせる。

「関口君は駄作だなんだと落ち込んでいるが、風は風で、蜘蛛は蜘蛛だ。書きしるして寝かせておけばいつか誰かが風蜘蛛のことを知ることになるかもしれない。風蜘蛛は慥《たし》かにこの時代に生まれる。きみが名づけることによってね」

「いるわけはない。だってあれは……鳥口君の思いつきだ」

「名づけられれば妖怪《ようかい》になる。名づけられなければ消えていく。名づけられて根付いた妖怪も後の世の流れで忘れ去られる。そんなものだよ。戸籍と同じだ。戸籍にしるされれば女も男になる。人ひとりなんていかようにでもなる。書きしるされるっていうのはこれでけっこう大きな力だ。きみも作家なら、時代という炭坑の金糸雀《カナリア》たらんとして小説のひとつも書き給えよ。あるんだかないんだか解らないその虚弱な力をせいぜい活《い》かせばよろしい」

「力なんてないよ。やめてくれ。戸籍に関しては――そういう時代だったのだろうね。なにもかもが混沌《こんとん》として人ひとりいてもいなくてもどうとでもなる時代だった。これからは……どうかな」

そういう時代はとうに過去で、関口だとてそんな時代を作っていた駒のひとつではあったのだけれど、どうしてか他人事《ひとごと》の口調になる。

おそらくこの後、世界は白々しいくらいに清潔に——片隅にある埃《ほこり》や暗がりも一掃されてしまうのだろう。そんな予感が関口の胸中にある。ひとつの時代から次の時代へと乗っている列車が進んでいく。カアブの手前で列車がガタガタと酷《ひど》く揺れる。過渡期に自分は生きている。ぎゅうぎゅうに詰められた人混みのなかで自分はどこまで足を踏ん張ることができるのか。倒れてしまうのではないだろうか。列車の窓から振り落とされるのでは。あるいは自ら列車を降りて、レエルに乗って遠ざかる列車を清々と見送るか。

「どちらにしろ勝手に居着かれても困るんだ。僕はきみほど暇じゃないよ。出かけるところだったんだ」

そう云って京極堂は立ち上がる。

「出かけるって何処にだい？」

きょとんと問えば京極堂は煩わしげに眉を顰《ひそ》め、

「神奈川の薔薇《ばら》屋敷だ。あそこは取り壊しをするのだそうだ。あのときは見なかったが二階に書斎があってそこには本が売るほどあるらしい。仕事だよ。これも縁だからと新しいほうの八原院郁女史が僕に本の査定を頼んで寄越した。ちらっと聞いただけだが好事家《こうずか》が欲しがりそうな本も何冊か紛れていそうだ」

どうやら表の仕事の依頼らしい。

「そうかい。だったら僕もいこうかな」

「なんできみみたいな役に立たない従者を連れ歩かなくてはならないんだい。僕は榎さんみたいに無能な下僕を引き連れて練り歩く趣味は欠片《かけら》もないよ」

「いいじゃないか。邪魔はしないよ」

関口はのろのろと立ち上がる。

鳥口はこのまま会社に戻るそうだ。

京極堂は世界が終わるかのような仏頂面で関口を見返す。

けれどそれ以上の拒絶はなかった。だから関口は図に乗って京極堂について、出た。


「前にも似たようなことがあったね。先の、蜘蛛屋敷のときに」

世間はすっかり初夏だ。ついこの間までは柔らかい色をしていた緑の葉の色も随分と色濃くなっている。強くなった日差しにうなじをちりちりと灼《や》かれて歩く。

「よく覚えているな。関口君にしては記憶がしっかりしているじゃないか。今朝食べた食事がなんだったかも忘れる健忘症で呆《ぼ》けの入ったきみにしてはたいしたものだな」

ひどい云われようだ。

「僕だってたまには覚えていることもある」

「たいていきみは何もかもを忘れてしまうじゃないか。忘れるし自分に自信がないし自分の書いたものにも自信がないから、きみはいちいち僕のところにやって来て僕に確認させたがる。きみがものを書く理由やきみの書いたものの価値を僕で確認したがるのはいい迷惑だぜ」

「……うん」

汗が、こめかみから首筋へと流れていく。

「それでもきみはどう云われようときっと僕のところに来るんだろうな。たまに自慢げに誉められるつもりでやって来て僕にへこまされては帰っていく」

「でも……風蜘蛛のくだりは誉めてくれたじゃないか」

我ながら面倒臭いと思いながら関口は唯一誉められた箇所を口にのぼらせた。これでは子どもの弁明だ。

誉められた箇所を否定しながら――関口は京極堂の言葉を、子どもが飴《あめ》をしゃぶりつくすようにずっと舐《な》め回し、己の気持ちを宥《なだ》めようとするのだった。いじましいと自分でも解っている。すべてを見透かされているのだと思うと気恥ずかしく、同時にそれでも京極堂が知人として関口を迎え入れては小言と批評の鞭《むち》を振るってくれることに安堵《あんど》もしている。ほとんどが鞭でほんのたまの飴だ。その飴が関口の心にとても甘い。

「たとえばきみが間違ったことをしたとする。自分でも間違っていることに気づいている。でも人は誰だって魔が差すことがある。毎日毎時間、常に正しいことだけを行うには弱い心のきみが——一度、過ちを犯したとしよう。きみはそれを自覚している」

「なんだい。唐突に？」

「まあ、聞き給えよ。きみの過ちを受け入れる絶対的な誰かがもしいたとして、きみの過ちに理屈をつけてくれる。こういう理由で仕方なく犯してしまった過ちだから、きみはまったく悪くはないのだと云う。肯定されたきみはどこまで図に乗るのだろうね」

「図に乗らせてくれたことなどないじゃないか」

「仮定の話だよ。そういう関係性があるとしたらの、仮定の話だ」

京極堂はそれきり口を噤《つぐ》んだ。

関口も無言のまま隣を歩く。

そうしているうちに駅に着き列車がやって来た。

列車のなかでは益体もない話をした。車窓を流れていくのは気持ちのいい夏のはじまりの光景である。窓を少しだけ開ける。風が頬に当たる。

ひらひらと細く切った紙が窓の端に流れていった。前に乗った子どもが紙を細長く切り、窓の外から差しだして吹き流しにして遊んでいるのだろう。

「八原院郁の、妹のほうはとても頭のいい女性らしいよ。中野学校に所属していたのは彼女のほうで、兄はその間はずっと屋敷に閉じこもっていた。その頃にはもう母親はとっくに亡くなっていた。医者のカルテには最期の病状も記載されていたよ」

話のついでのように京極堂が云う。

「うん」

「彼らが十歳のときには母親は亡くなっていたみたいだな。カルテの記載を信じるならば。妹も苦労はしたのだろうな。わずか十歳で」

「うん」

「あの時代の男性権威主義と古い因習が彼女を殺し、彼女は世界のなかで透明化して過ごしていた。その後、戦争がきっかけで屋敷の外に出られたはいいが、彼女は世間知らずではあったようだ。それに人には云えないようなことをいろいろとさせられていたらしい。美しくて若い女性に男が求める見返りというのはだいたい同じだ。彼女もまた男性権威主義と戦争の犠牲者ではあったのだろうな」

「そうか。東京ローズの生きてきた道は茨《いばら》の道だったのだね」

「そうだな」

隧道《すいどう》の手前で吹き流しの紙がちぎれて飛んでいった。あちこちでガタガタと音がする。開いていた窓を閉じる音だ。隧道に入ると蒸気機関車の煙が閉じ込められてもうもうと渦を巻く。窓を開けたままだと列車のなかにも煙が入り込むから煙くてかなわないのだ。

「ところで渋谷の薔薇屋敷では、誰も殺されてはいなかったらしいね」

京極堂もそれは知っているのかもしれないが、黙って関口の話を聞いている。

「ジョンさんは彼女を救うのに間に合ったと満足して、けっこうな金額を益田君のところに置いていったそうだよ。榎さんのことを褒めたたえて去っていったらしい」

関口が知っていることを伝えると「そうかい」と京極堂が応じた。

「青木君が保護した女の子は施設にいくことになったらしい。薬が抜けて素面《しらふ》になったら、ずいぶんと明るく、素直になったそうだ。青木君は、木場の旦那《だんな》にちょっとだけ小言を云われたと笑っていたよ。なんだか『無茶をするのは俺の専売特許だ。真似すんな。だいたい神奈川の事件は管轄外じゃないか』みたいなことを」

京極堂の眉尻《まゆじり》がわずかに下がった。可笑《おか》しかったのだろう。

「青木君はそのときは直《じか》には云い返さなかったらしいけど、後でこっそり僕たちに教えてくれてね。それを聞いた益田君が噴きだしていたよ」

「そりゃあ笑うだろうな」

「そういえば榎さんも誘えばよかったかな。尋ねてきて京極堂が留守をしていたらまた怒ってむくれているんじゃないかな。紙相撲のときみたいに」

「探偵は不要だよ。榎さんは正義しか認めないし人の見たものしか視《み》えないからね」

「どういう意味だい？」

「そのままさ」

ぽつぽつと会話が続く。

海の見える田舎の駅に着く。

そこから山に向かって歩きだす。

益田たちと歩いた道のりを今日は京極堂と関口のふたりで辿《たど》る。京極堂は暗めの着流しで、暑くなったのか羽織を脱いで片手に携えている。

関口に今回の事件の詳細を問われ、京極堂は関口に「八原院郁という女性は」と、ぽつりぽつりと彼女の半生を語ってくれる。

悲しくなってしまうような痛ましい話だったから、関口は途中で詳細を尋ねるのを止めた。

のどかで心地よくあたたかな色彩の菜の花畑まで出れば、あとはもうすぐだ。

関口も上着を脱いでひたすら足を前後に動かした。

※

あの夜、どうやって家に帰ったのかなあ。

覚えていません。

そう八原院郁は刑事に語った。やけに明るい笑顔だった。

人を殺すのはいけないことだと私はまだ思っていたので私の半身でもある母に聞いたのです。

私の母親は私に似て、とても優しく温かい。そのときには母はもう死んでいたはずだって？　そんなことはない。母は慥《たし》かに死んでいたけれど……でも私の心のなかでは生きていた。幻覚？　薬物の？　違いますよ。スウプ？　あれは母に習ったんだ。山にある茸《きのこ》を干してスウプに入れて飲みなさいと。手伝いの女の子と私のふたりで。母は飲まなかった。だから、生きていましたよ。母はときどき生き返る。おかしい？　おかしくても別にいいですよ。私はそれで幸せだったんですから。

母は、美しい顔にやはり美しい笑みを浮かべて告げました。

「いいことを思いつきました」

母はそう云うのです。母は私には思いつかないようなことをよく云い、実行します。私は母によって生かされている部分がある。私が私として生存するためには母の協力がないと無理だったのです。

やっぱり二重人格？　私が二重人格かもしれないと誰かが云ったんですか？　まさか。

ひとりの身体をふたりに分ける必要なんてないですよ。ふたりがひとりになるのならまだしも。

話を続けさせてください。私は話したいんだ。

私と母は話しあったんです。

「理由があればいい。あなたの血や肉となって共に生き続けるのなら、それがいい」

母は云いました。

なにを云っているんだと驚きましたよ。でも母は頭がいいんだ。私を説得するんだ。

「人は人を殺してはならないと云う理由は私にはよくわからない。だって戦争のときはたくさん殺していたじゃあないですか。ただ、いまは法と云うものがあるからそれをしてはならないだけで。仕方ないじゃない。殺してしまったんですもの。そのへんに埋めてしまってもいいけれど見つかるような気がするわ。だったら食べてしまえばいいんじゃないかしら」

そんなことを話したなあ。

母じゃなく？　妹？　妹ならいましたね。私の半身です。半身も母も似たようなものでしょう。違うの？

私の母は私が十歳前後で亡くなっているはずだから、戦時のときの記憶ならば、それは母ではなく相手は妹だったんじゃないかって？　どちらでもいいじゃないですか。私にとっては同じものだ。

とにかく母かもしくは妹が云ったんですよ。

「鶏や豚を屠《ほふ》って食べるのと同じで、それなら殺してしまった理由になるんじゃないかしら。法ではなく倫理や心の問題よ。だったら無駄にはならないわ。だって食べるのだから。あなたの血や肉になる。あなたの栄養になる」

「兄さん。あなたはずっとそれを望んでいたんでしょう。私は知っていますよ。あなたの母ですもの。生まれたときからあなたのことは知っている。あなたの密《ひそ》かな欲望も知っているし、あなたが実は心が弱いことも知っています。なにかしら理由を思いつけばあなたは自分を謀《はか》ることができる人。だから――食べてしまって無駄にしないならいいんじゃないかしら。それで納得できるでしょう？」

母はどうして私を兄さんと呼ぶのかなあ。そういえば。

どうでもいいですね。幻覚なのかもしれない。幻覚かなあ。

「できるでしょう？　しなさいな」

たやすくあっさりと私の母は云ってのけ、笑いました。

私の血や肉になる。

少女が私とひとつになる。

私の唇からほおっと軽やかなため息が零《こぼ》れました。

私の母は私の欲望も私の躊躇《ためらい》も本当によく知っているのです。私には思いつかないことを云ってくれる。

だから――それ以来、私は――そうすることに決めたのです。

だから私は殺した少女を毎回少しだけ食べました。食べるために殺すのなら理に適《かな》ってはいませんか？

食べ物なら冷蔵庫に入れてもおかしくはない。食べ物なら保存して持ち歩いてもおかしくはない。鞄《かばん》に入れて渋谷に持っていった。私のなかではおかしくはないことなんですが。

ただ、理に適っていても正義ではない。

正義ではないと、誰かに云われました。腑《ふ》に落ちました。よく知らないけれどきっぱりと物事を断言する人が私に云った。

正義ではないなら私は罪に問われても仕方ない。

だから私は逮捕されいままでの罪をあがなうことに決めました。

おかしいですか？

私のなかでは理に適っているのですが。

※

斜めに立つ山縁の薔薇《ばら》屋敷に着いた。

玄関から屋内に入る。車椅子を操作した八原院の妹が京極堂と関口を迎え入れてくれた。

日がさして燦燦《さんさん》と明るいが、鉄格子の嵌《は》められた窓のせいかこの屋敷はどことなく息苦しい。

車椅子の車輪は手入れをされ油を注《さ》されたのか、もう軋《きし》んだ音はさせていなかった。

あの日、地下牢《ちかろう》からの階段をジョンが八原院を抱えて上った。ジョンの首に巻きついていた細くて白い腕の頼りなさを関口は思いだす。

どれだけの理不尽を抱えて彼女はここで過ごしてきたのか。

時代の犠牲者――。

挨拶《あいさつ》をしてから京極堂が尋ねる。

「こちらでひとりで過ごされているのですか？」

「いいえ。もう手伝いの子もいませんし、私ひとりで過ごすにはこの家は広いのです。もともと広すぎて掃除も行き届いてはいなかった」

見渡して、八原院は玄関からすぐにある階段を指し示す。

「二階の右手の突き当たりの部屋が書斎です。私はひとりでは上がれませんので、申し訳ないのですが、中禅寺さんおひとりにおまかせしてもよろしいでしょうか。もし持っていってくださる本がたくさんあったとしても私はそのお手伝いもできないのですが」

「ええ。力仕事用にひとり連れてきていますからお気遣いなく」

そんな話ではなかったがと関口は隣で言葉を飲み込む。しかし、だから関口が付いてくるのを許したのかと納得もした。

「それでは仕事の前にお茶をお淹《い》れしましょう。紅茶はお嫌いではないですか？」

「はい。嫌いじゃあないです。好きですよ」

少し、むきになって京極堂より先に返事をした。

関口だとて人の為になるのは嫌いではない。京極堂に力仕事を頼むと云われれば仕方ないなと足を運んだことだろう。なのにそんな言もなく、うやむやで見通しのない戯《ざ》れ言《ごと》ばかりを話しながら列車に乗ってやって来た。望んで付いてきたから騙《だま》されたわけではないけれど。

勢いよく答えた関口に、今度は京極堂がなにかの言葉を飲み込んだ。

車椅子がするすると動く。居間へと案内される。

沓脱《くつぬ》ぎのない西洋風の屋敷の床には段差がほとんどなく車椅子での移動に適しているようだった。居間の椅子に座って待つあいだ、関口は中禅寺に尋ねる。

「珍しいじゃないか」

「なにがだい？」

「なにか云いたいことがあるのを飲み込んだ。京極堂らしくないね」

ときどき関口君は妙に勘が鋭いことがあるねと京極堂は眉《まゆ》を顰《ひそ》めた。苦い顔になったから当たっていたのだろう。

鉄格子越しに窓から外が見える。咲いた薔薇の花も黒い枠で区切られている。掃除が行き届かないと云っていたのは本当で居間の窓枠にも埃《ほこり》が溜《た》まり、窓の隅には小さな蜘蛛《くも》の巣がかかっている。

渋谷の屋敷はもっと綺麗《きれい》だったが、こちらは薔薇屋敷ではなく、蜘蛛の巣だらけの蜘蛛屋敷だ。構造は同じようだが印象がまったく違う。鉄格子の嵌《は》められた窓の向こうは鬱蒼《うっそう》とした緑と手入れなく傍若無人にのびた薔薇の荒れた庭で、薄っぺらで細い光しか差し込まない。室内はひたすらにぼんやりと暗い。

渋谷では誰も殺害していなかったようだ。だが、どちらの庭にも死体が埋まっていた。八原院は死体の一部をまるで食材のようにして、神奈川から渋谷へと持ち運び、そこで食してからあまりを庭に埋めたらしい。

そしてどちらの庭にも――死体が埋まっていた。

どちらの――。

そこで関口は「あ」と声を漏らした。

この屋敷の台所には大きな冷蔵庫があって、そこには死体が切断されて仕舞われていたらしい。伝聞だから実感もなく、なにもかもが曖昧《あいまい》な夢のなかのようでもあり、関口にはさっぱり実感できないことではあったが。

その台所で何事もなかったように淹れられる紅茶の味を想像し、背筋がざわついた。

八原院郁は心を病んでいた。普通ではない育ち方をしたせいで常識からも若干《じゃっかん》、外れていた。浮世離れした男だったと会ったときの記憶が告げている。関口だとて人のことを云えるほど常識的でも地に足が着いているわけではないとしても。

こちらの八原院郁は――はたしてどういう人間なのか。

解らない。

「紅茶を飲まずに働くのもいいのかもしれないね」

つぶやくと京極堂は「そのほうがいいかもしれないな」と同意した。関口より先に、同じことを考えていたようだ。それで口ごもったのか。

それにしても蜘蛛の巣だらけだ。

「ここもまた蜘蛛屋敷だね」

思いついたままを口にする。

京極堂は「ああ」とうなずく。

「薔薇は咲いているけれど、薔薇屋敷とは呼びたくないな」

「薔薇は庭に咲いて香り、蜘蛛は薔薇の枝から糸を垂らして巣を作っていた。僕たちは皆、蜘蛛の巣の空いた隙間から向こう側を透かし見ていたのかもしれないな」

「どういう意味だい？」

扉が開く。

膝《ひざ》のところに器用に盆を乗せ、車椅子の八原院が入ってくる。紅茶の香りがする。盆の上で紅茶茶碗《ぢゃわん》がカタカタと音をさせる。

なんだか気味が悪くて、関口は洋卓に置かれた紅茶茶碗に手をのばせないでいる。

「中禅寺さんは私のカルテをご覧になったのですよね」

「はい」

「ならば私の病状についてもよおくご存じでいらっしゃいますね。原因不明の病です。筋肉が萎縮《いしゅく》して自分の力で立つことも、歩くこともままならなくなっていく。ゆっくりとですが私はこれから自分では動けなくなっていくのでしょう。それでも頭だけは明晰《めいせき》で——それはどういう未来なんでしょうね」

寂しげに八原院は微笑んだ。すべてを諦観《ていかん》したかのような、儚《はかな》く、けれど美しい笑みだった。手折られて花瓶に生けられた薔薇の花も精一杯に咲き誇る。むしろ花瓶のなかでこそ高く香ってみせるというように、芯《しん》のところでなにかを決意した切ない笑顔であるように見えた。

「こうやって自分で動くことができるのもいつまでかは解らないのですが、できる限りは動こうと思っております」

「貴女《あなた》はとても賢い女性ですからこのあともご活躍できることでしょう」

「そのように努力をいたします」

「その……努力とは。いえ、それは云いますまい。貴女も時代にからめとられ、蜘蛛の巣の上を伝い歩くしかなかったのでしょうから」

「なんでしょうか？」

八原院は小首を傾げあどけなく尋ねた。

「中野の学校での貴女の様子をつい最近伝え聞きました」

「そうですか」

「優秀だったそうですね。ごく数人の人間以外は貴女が女性であることを知ることはなかったと」

「存じません」

云い方だけはきっぱりと、けれど表情は曖昧にぼかして彼女は笑う。

紅茶茶碗のなかで紅茶はゆっくりと冷えていく。

「貴女のお兄さまは、幻覚作用の得られる菌類や植物については医師や貴女たちのお母さまから習い覚えたと供述しているそうですよ」

「そうですか。そのようなことを兄が……」

「それから、一時期、貴女が世話になっていた唯一の他人である医師は、貴女のお父さまが亡くなったいま、もう昔ほど貴女たち一家に恩義は感じていないようです。貴女の所行は聞いております」

彼女は静かに目を伏せた。伏せたまぶたの肌は白く、薄く青い血管が透けて見える。関口は彼女の表情に、鱗粉《りんぷん》を飛ばして羽ばたく蝶《ちょう》の翅《はね》に似た、なまめかしさと、ある種の薄気味の悪さを覚えた。

手折る前の花一輪。捕えて翅を指で摘《つま》む直前の蝶の羽ばたき。強く力を入れると殺してしまうだろう儚いものの放つ美はどうして嗜虐《しぎやく》をそそるのか。

気持ちが悪い。

「……所行？」

「ええ」

関口ははっとして京極堂を見る。

関口はここに来るまでのあいだに彼女の半生を京極堂から聞いた。彼女は、個人の思考を操作する方法と言葉の使い方に巧みな女性なのだと京極堂は云った。そのようにならざるを得ない生き方をしてきたせいだろう、と。

彼女は女性としての己の肉体の使い方を覚え、それだけで生きのびてきた。

望んでそうなったわけではないとしても。

彼女は、母亡き後に、実の父親と関係を持った。

京極堂は平然としている。閻魔帳《えんまちょう》に記された罪状を読み上げるときの閻魔さながら、これが仕事だと割り切ってでもいるように。そこには糾弾の恣意《しい》はなく、事実を確認する意図だけがある。

「そうすることで外に出る権利を得られると思ったのにと医師に話したと聞いています。けれど望みは果たされなかった。お父さまは貴女を変わらず屋敷に閉じ込めていた。医師は貴女に同情していた。貴方がお母さまから教わった生き方は……」

交換条件として彼女はその医師とも関係を持ったのだそうだ。

「おっしゃらないでください」

「……ええ。そうですね」

膝に置いた手の指先をからませて、彼女は京極堂を見返している。おとぎ話を聞く子どものように無心に澄んだ硝子《ガラス》の目で。

「そうして戦争が起き、貴女はやっと外に出た。まだ貴女は己のしていることの意味がさほど深くは理解できていなかったのかもしれない。ただ、貴女は自分自身にできる生き方を貫いただけでした。貴女にとっての普通は閉じ込められた屋敷の座敷牢《ざしきろう》での両親だった。それが愛情や、人との関係を築く方法だと信じていたのなら仕方のないことです。けれど貴女はお兄さまに成り代わり外に出て——自分がお兄さまよりよほど優秀だということをゆっくりと知ってしまった。貴女はとても聡明《そうめい》でした。双子であっても個体差はあった」

右に傾げて聞いていた頭を今度は左に振った。振り子のように小さく揺れた顔のなかで、唇は赤く、ずっと微笑の形を保っている。

「そうやって貴女は自分の使い方をより深く知っていく。男たちは皆、貴女にとって、なにかをくれるものだった。それだけではなく貴女は、意のままに男たちを操る手管も覚えてしまった。身体だけではなく言葉の使い方も知ってしまった。薬物を使う方法や洗脳の方法も教えられた。兄である八原院郁さんは、貴女のことをほとんどお母さまと間違えていたようですね。警察への供述ではそういうことになっているらしい」

彼女は実の兄とも関係を結んだのだった。

「お兄さまは、貴女たちのお母さまが亡くなっていたはずの戦時に、母親に薬物について習ったと刑事に供述したそうですよ。時系列的には生きているはずのない母親にさまざまなことを示唆されたようだ。彼にとって母親は常に美しく、ときに若返っていくものだったらしい。その母とは――貴女のことではないですか？」

彼女は瞬《まばた》きすらせずにじっと京極堂を見返している。

「兄は、心を病んでおりましたから」

「そのようですね。彼の心をたぐり寄せ、闇へとひきずり堕《お》とした女性とは……誰だったのでしょうね」

「……私、でしょうか」

微笑んだまま、彼女はそう応じた。

「皆様が私の行いをどのように受け取ろうとも、それは私にはあずかり知らぬこと。私は、母を失い、行き場を失い、屋敷に閉じこもるしかなくなった兄を私のやり方で励ましました。その結果に起きてしまったことを羅列すれば、私の行いは、あなたのおっしゃろうとしているようなものになるのかもしれませんね。でも……違います。私は……被害者なのです。私には抵抗する力もなく、ただ流されるままだった。そうするしか生きていく道はなく、唯一、私にできたのは中禅寺さん、あなたへの依頼の手紙と、マイクへの手紙だけでした。私に知識を与えた場はとても特殊で、ですから戦後、私の存在を外に示すことはとても危険なことでした」

「そうでしょうね。でも貴女ならどうにかできたのではないですか？」

「買いかぶりすぎです。私は無力な女です。現にあの日、あなたたちが兄を捕らえに来た日も、私は兄に背負われて無理に地下牢に閉じ込められていたじゃないですか。兄の気まぐれでああやって私は牢に引き入れられそのまま置き去りにされるのです。そんな毎日がどれだけつらいか……」

そうですね、と京極堂は云った。

「つらくないとは云いません。それに貴女を罰する法がいまのこの国にはないのです。貴女の使った薬物はまだ法で規制されていないものだ。貴女は自身では誰ひとり殺してはいない。なにもかもが貴女の知らないあいだに貴女のお兄さまが幻覚にとらわれて行ったこと」

「あなたの話し方からすると殺人教唆くらいでしたら私を罪に問えそうですね。もしあなたが信じているようなことを私がしているのだとしたら」

それぞれに座ったまま語りあうふたりの姿はずっと静止している。

息詰まるのは空気の濃さのせいだろうか。この屋敷は淀《よど》んでいる。黴《かび》と埃《ほこり》の匂いに紛れて薔薇《ばら》の芳香がする。紅茶の香りも加味されて混ぜあわさった匂いが悪臭へと変じている。

まるで水底に沈んだような気分で関口は頭上を見上げる。

窓硝子の向こう、空が切り取られて歪《ゆが》んで映る。黒く錆《さ》びた格子のあいまに、蜘蛛《くも》の巣が引っかかり日を弾《はじ》いて銀色に光った。黒い蜘蛛が巣の中央に陣どっている。

「それはもうどうでもいいじゃないか」

関口は思わず云った。

京極堂と彼女の顔が同時に関口へと向いた。

そう云ってはいけないのだろうか。

「切れ切れに語られるその人の半生はもう充分に過酷なもので、だったら自由をいまから手に入れようとしてもいいじゃないか。人を殺しているのかもしれない。その人が考えを変えれば、何人かは殺されずにすんだのかもしれない。その人がもう少し早くに動いていたら。あるいは違う動きを試みたら。でも——僕たちだって人を殺している。殺してない奴なんてこの年齢、この時代の成人男性でそんな奴がいるはずもない」

戦時に人を殺さなかった成人男性がどれだけいるか。

何が正義かを関口は語れない。

正義など時代の流れで歪むではないか。

それだけは知っている。

それだけしか知らない。

彼女の目に涙が浮かぶ。大きく膨らんだ涙の粒が溢《あふ》れ、白い頰へと伝い落ちる。

泣かせるようなことを関口は云っただろうか。

「ありがとう……ございます」

「感謝されるようなことは僕はなにも」

「あなたは優しいのですね」

「優しくなんて」

関口はふたりの視線が怖くなりもう一度高いところを見上げる。ときどき大胆に何かを断言し、その後でいつも関口は怖くなる。何ひとつ溜《た》まったもののない己の内側は干上がって乾いているのに、たまにこうやって発酵したように膨張し破裂する。

「あ、何かが飛んでいく」

飛行機かな。

間抜けな声が出た。馬鹿みたいだと思った。

格子と蜘蛛の巣に区切られて、歪《いびつ》に切断された空のあいだを銀の光が行き過ぎたのが見えたのだ。光は、蜘蛛の糸の隙間にふいっと吸い込まれるかのようにして、消えていった。

「飛行機はこの上を飛びはしませんよ。もし何かが飛んでいたとしたら、それはひょっとしたら蜘蛛でしょう」

「蜘蛛？　風蜘蛛かな」

馬鹿を重ねた関口の声はくぐもって裏返っている。

「そういう云い方もあるのかしら。そうですね。風蜘蛛です。――蜘蛛は糸をのばして風に乗って空を飛んで移動するのです。遠くまでそうやって飛んでいくことがある」

ああ、と彼女は遠くを見て云った。

「あの子が見たのも風蜘蛛だったのかしら。教えてあげればよかったわ。でももう会うこともないのでしょうね。あの子は私たちの手から逃げのびて助かったのだわ」

それから涙を流したままかすれた潮騒《しおさい》の声で続けた。

「私は、蜘蛛になろうと思っているのです」

「蜘蛛に？」

関口は問い返す。

「蜘蛛は私にとっては強い生き方の象徴なのです。私は、強くなりたいと思うとき、その呪文を唱えてきました。私は、蜘蛛に、なりたい。私は男でも女でもない、まがい者としてずっと閉じ込められて過ごしていた。そしてここから出るための方法は……」

「その話はもう……」

関口が小声で止める。

彼女は口を噤《つぐ》む。

京極堂は険しい顔で彼女に告げた。

朗朗と響く声だった。

「貴女《あなた》はもうすでに風蜘蛛になっている」

「風蜘蛛……とは？」

不審そうに問われた。

「情報と対価を張り巡らせ、望むものをたぐりよせ、風となって飛んでいく蜘蛛です。さまざまな人に情報を差しだし、耳元で言葉を囁《ささや》き、貴女が望む方向へと人を動かしている」

人びとの耳元で風蜘蛛が囁くのだ。それは関口が途中まで綴《つづ》った物語に登場する妖怪《ようかい》だ。囁かれた者たちは風蜘蛛に誘われて、あらかじめ定められた運命へと――墜《お》ちていく。

「貴女はやっとここから――この屋敷と家から解き放たれた。もう貴女はとっくに風蜘蛛になっている」

「そうでしょうか。それならばいいのですが」

長いこと磨かれたふうのない窓硝子《ガラス》はまだらに雨の跡をつけて曇り、ここはひどく薄暗い。部屋の四隅に滞った闇は染みついてでもいるかのようだ。未《いま》だ一度として光を受けたこともなく夜毎闇を蓄積し続けて化石になったような降り積もる黒だ。闇を幾度も煮詰めて凝縮しべたりと貼りつかせた粘ついた黒は、部屋の中央に座る関口へとにじり寄ってくるかのようだった。

車椅子を動かして彼女はゆっくりと後ずさる。かろうじて光の当たっていた中央からさらに暗いほうへと。彼女の身体に斜めに影が落ちとうとう全身が淡い灰色に包み込まれる。

壁際まで後退した彼女は花瓶に生けられた薔薇を一輪取り指先で弄《もてあそ》ぶ。

なぜか寂しげに、そして諭すように京極堂は告げた。

「僕が貴女を止めたとしても、時代の流れは止められない。これからは情報と報道と電波の時代が来ます。情報を得る者が時代を制し情報を操作できる者が時代を作る。貴女のいまの思いは風にのって糸を飛ばす蜘蛛のように世界に広がっていくでしょう。目に見えない電波の蜘蛛の巣が空にかけられ、人はその巣に心をとらわれ惑う。貴女はそういう蜘蛛の巣の、人の目に見えない伝播《でんぱ》する力を、作ろうとしているのでしょうね。虐げられた者が、より弱く愚かな者を犠牲にして、立ち上がった。貴女はここまで来た。自由を得た。そうして貴女は何処に向かうつもりなのですか」

「行けるところまで何処までも」

遠い眼をして彼女は云った。

儚《はかな》げで——けれど不思議としたたかに、心を決めたまなざしで。

「どうせ私の命もそんなに長くはないのでしょうから。ですから私はもう薔薇であることは止めるのです」

「止めるのですね」

「私はこれからは蜘蛛として——私の後継者をひとりでも多く探そうと思います。あなたは私の想いを呪いと云うかもしれないけれど、私はこれを祝福だと云い張ることにしましょうか」

「できるでしょうね。貴女は大きな企業の後継者になる。新たな八原院郁として。テレビとラジオの世界へとその糸をのばし空に蜘蛛の巣をかけて新しい思想を投げ込むんだ。貴女にはそれができると見極めて、やっと、今回の計画を実行した。違いますか?」

彼女は応《こた》えなかった。

「この後、貴女が苦しもうと悲しもうと僕には関わりのないことだ。でもせめて貴女が貴女の蜘蛛の巣にかける言葉が呪いではなく祝福になるようにと僕は願いましょう」

女は笑った。

京極堂も笑った。

「そうですね。あなたの願うように私は進む努力をいたしましょう。蜘蛛の巣にかけてしまった骸《むくろ》に誓って。抜け出すためにもがいた私の犠牲になった者たちを私は私で背負って生きていくことにします」

私は蜘蛛になるのです。

彼女はつぶやいた。己の心を試すかのように、ゆっくりと。そして、しっかりと。

「あなたたちに名づけられた風蜘蛛に――」

彼女は手にしていた薔薇の花を左右に振った。重たい花弁は揺すぶられくたりと曲がり花びらがひらひらと舞って落ちていった。

【参考文献】

・『日の丸アワー』池田徳眞／中公新書
・『一九五二年日航機「撃墜」事件』松本清張／角川文庫
・『東京ローズ　戦時策略放送の花』上坂冬子／中公文庫

あとがき

薔薇《ばら》十字叢書《じゅうじそうしょ》『風蜘蛛《かぜぐも》の棘《いばら》』いかがでしたでしょうか。

今作も、前作の『桟敷童《さじきわらし》の誕《いつわり》』同様に、京極夏彦《きょうごくなつひこ》先生の百鬼夜行シリーズという蠱惑《こわく》的な世界にお邪魔して遊ばせていただきました。私がなにをどうしたところで綻《ほころ》ぶはずのない確固たる作品世界のなかで、ただ私は、自分の好きなように想像の翼を広げ、作品世界の町に路地裏、山や畑や空の色合いを眺めながら、あちらこちらを渡り歩いてメモを取りました。

広大な物語世界に、私というひよっこがちょこちょこと足を踏み入れて、ぽか～んと口を開けたり、ときどき笑ったりしながらで、自分の目に見えるように描きました。

そういうお話です。

薔薇十字叢書のお話を最初にいただいたときに私が企画書に提示したコンセプトは「私には京極先生のような知識はありません。ですので、自分の妖怪《ようかい》を自分で作ります」でした。桟敷童もそうでした。風蜘蛛もそうです。

妖怪を自分で作り、そして綴《つづ》り、もしかしてこれを読んでくださった誰かの心のどこかに桟敷童や風蜘蛛という妖怪が棲《す》みついて、たとえば近くの子どもたちに語るかもしれない。その語りが子どもたちの心に残り、妖怪たちが、名前と形を得るかもしれない。そうなったら少しだけおもしろいですね。

ところで、前作のご縁のおかげで京極夏彦先生に実際にご挨拶《あいさつ》する機会を得ることもできました。その際に「二作目を書いてもいいですよ」というご許可を京極先生ご自身からいただきまして、今回のお話が出版される運びとなりました。

私のなかで前作で、益田《ますだ》君と青木《あおき》君を登場させられなかったのが心残りだったので「今回は益田君と青木君が出てくるお話にしたいです」と担当編集さんと打ち合わせ、蜘蛛のお話になりました。

あらためて、ご許可をくださいました先生と、前作を応援くださいました皆様に感謝いたします。ありがとうございます。

今回は書いている途中で「どうして私は題材を蜘蛛にしようなどと思ったのだろう。とてもとても大変である」と途方に暮れたこともあったのですが、担当編集さんにアドバイスをいただき、エンドマークにこぎつけることができました。担当さんには感謝です。

そしてTHORES柴本《しばもと》先生、前作に続いて素晴らしい表紙をありがとうございます。

佐々木《ささき》禎子《ていこ》　拝

お便りはこちらまで

〒一〇二—八五四八
富士見L文庫編集部　気付
佐々木禎子（様）宛
THORES柴本（様）宛

富士見L文庫

薔薇十字叢書《ばらじゅうじそうしょ》
風蜘蛛《かぜぐも》の棘《いばら》

著：佐々木禎子《ささきていこ》
Founder：京極夏彦《きょうごくなつひこ》

2017年4月15日　初版発行
2024年11月25日　4版発行

発行者　山下直久
発　行　株式会社 KADOKAWA
〒102-8177　東京都千代田区富士見2-13-3
電話　0570-002-301（ナビダイヤル）

印刷所　株式会社 KADOKAWA
製本所　株式会社 KADOKAWA
装丁者　西村弘美

定価はカバーに表示してあります。

●お問い合わせ
https://www.kadokawa.co.jp/（「お問い合わせ」へお進みください）
※内容によっては、お答えできない場合があります。
※サポートは日本国内のみとさせていただきます。
※Japanese text only

ISBN 978-4-04-072250-4 C0193

黎明国《れいめいのくに》花《か》伝《でん》
星読の姉妹

著／喜咲冬子　イラスト／伊藤明十

荒廃した国、苦しむ民――
姉妹が国を救うグランドロマン開幕！

身体に現れる花形の痣と、「星読の力」と呼ばれる予知能力を持つ女王が国を治める黎明国。スウェンとルシェの姉妹は女王の資質を持つが故に陰謀で家族を失う。姉妹は民のため、殺された家族のため再起を誓うが……。

【シリーズ既刊】1～2巻

富士見L文庫

かくりよの宿飯

著／友麻 碧　イラスト／Laruha

**あやかしが経営する宿に「嫁入り」
することになった女子大生の細腕奮闘記！**

祖父の借金のかたに、かくりよにある妖怪たちの宿「天神屋」へと連れてこられた女子大生・葵。宿の大旦那である鬼への嫁入りを回避するため、彼女は得意の料理の腕前を武器に、働いて借金を返そうとするが……？

【シリーズ既刊】1～5巻

富士見L文庫